U0117504

雅众

elegance

智性阅读　诗意创造

# 村子里的陌生人

"A STRAIGHT-FROM-THE-SHOULDER WRITER, WRITING ABOUT THE TROUBLED PROBLEMS OF THIS TROUBLED EARTH WITH AN ILLUMINATING INTENSITY."
—LANGSTON HUGHES

## NOTES OF A NATIVE SON

[美]
詹姆斯·鲍德温
——著

李小均
——译

南京大学出版社

献给

鲍拉·玛丽亚

及

格布雷尔

# 目 录

# 导 言

上大学前，我不知道作为散文家的詹姆斯·鲍德温，我只知道写长篇小说、短篇小说和戏剧的詹姆斯·鲍德温。我在华盛顿的贫民窟长大，他描写的纽约哈莱姆贫民窟及里面的人，是我非常熟悉的世界。我觉得他是值得信任的人。他告诉我，哈莱姆的贫民和华盛顿的贫民都是一家人。与所有伟大而雄辩的作家一样，他讲出了普遍而永恒的真理。他用苦心经营的文字，为我们刻画出日常生活的细节：全身心投入教堂礼拜仪式的虔诚妇女们似乎想让上帝知道，她们值得进入天堂之门；穷人家中永远飘浮的尘埃，似乎提醒着他们的生活现状；黑人生活街区的建筑总是杂乱无章、歪歪扭扭的，在发出哀鸣。

因此，我认识写虚构作品的鲍德温；而他与我同为这个大家庭的成员——虽然这么说有点奇怪，他也认识我。1968 年 8 月底，我离开家前往圣十字学院读书，我想图书馆的图书足够我阅读，就没有带什么书。我只带了两本非虚构作品，它们是我被大学录取不久后在二手书店买的，还没来得及阅读。其中一本是 20 世纪 50 年代出版的大部头，教人如何撰写逻辑清晰严密的散文。我在圣十字学院读书时从没有碰它，或许是因为它过于艰深。（克拉伦斯·托马斯 1971 年毕业于圣十字学院，毕业前的一个月，他在我宿舍书架上发现了这本书，花了五美元买走；我记不清当初我买的价格。）另一本书就是鲍德温的《村子里的陌生人》。入读大学，我即将开启一种新的人生，一种与白人在一起的思想生活和教育生活。考虑到我要去的地方，我觉得，既然鲍德温的小说让我对黑人有许多了解，他的散文可能有类似的效果。

我进入圣十字学院主修数学，主要是因为我高中数学成绩好。我那时特别内向，又没有测过视力，我经常看不清黑板，但懵懵懂懂地，没有意识到这可以靠戴眼镜来解决。我坐在教室最后一排，教微积分的老师很淡漠，大多数时间都背对学生写板书。就这样，一学期下来，我逐渐掉队。

那年 12 月，我知道微积分课程只能勉强及格，读数学根本没有出路。我心想，我这么热爱阅读，该转去英语系。在圣诞节假期之前，我第一次阅读《村子里的陌生人》，或许是意识到我之后会逐渐走上散文创作之路。

鲍德温在《生平自述》的开头就宣告，“我出生在哈莱姆……”，这是一个简朴的、不加修饰的陈述句，似乎平平淡淡地说出来，读者对这个事实的重要性会有更好的理解。这里出现的是哈莱姆，但因为我熟悉写虚构作品的鲍德温，他笔下的黑人也可能来自华盛顿，所以，要是他写“我出生在华盛顿……”，可以更好地拉近我们的关系。

这部散文集中的《生平自述》是一篇序言式文章，其中有很大一部分内容是关于如何成为一名作家的（很长一段时间，这对我来说都没有多大的意义）：比如为写出一个真实的世界而挖掘自我的必要性；当“黑人问题”已被广泛书写时，身为黑人作家所面临的困境；在人生终结之前成为“一个优秀的作家”的渴望。

但在这篇简短的自述背后，是一个三十一岁、颇见过世面的人（我直到五十四岁才有第一本护照），而他在努力克服与生俱来的困境。他出生于一个缺乏关爱的小世界，无论是好是坏，他和这个小世界作为一个更大的世界的一部分，常被拒之门外。我在圣十字学院读书，经常为此而自豪，但我知道，每当我走出比文宿舍，身处马萨诸塞州伍斯特这个地方，我无处可去，这里没有一个地方属于我。我隐约有此感受，但无法用言语表达。鲍德温说出了我的心声。正如他谈到，他总是用一种“特殊的态度”来看待莎士比亚、沙特尔大教堂、伦勃朗、帝国大厦和巴赫："这些东西不是我创造的，不包含我的历史。我也许会永远徒劳无功地在它们之中寻找自身的影像。我是一个闯入者，它们不是我继承的遗产。"

在《村子里的陌生人》中的其他文章里，都包含了这样一颗十分敏感和敏锐的心灵。有些东西当时我未能完全理解，有些东西我敢肯定要是鲍德温现在看到也会觉得好笑。我承认那时还不能理解他一些更复杂的思想，或许因为我还太年轻，因为我还没有足够了解这个世界。他的另一些思想我根本没有认真对待，无疑同样是因为我还太年轻，因为我太激进，总是嘲笑异己的观念。随着马丁·路德·金的遇害，越南战争的爆发，以及我开始意识到我是白人世界中的黑人，我自然就变得激进好斗。比如，这个激进好斗的自我会追问，为什么鲍德温在写作中的口吻有时候似乎不是一个黑人，而是一个旁观者；诚然，这是一个内疚的旁观者，但仍然只是一个旁观者。在《千千万万的逝者》中，他写道："我们不把黑人当人看，与我们不把自己当人看密不可分：我们自己身份的失落，是我们为解除他的身份所付出的代价。"后来，他又写道："针对黑人，针对黑人的大多数活动，我们（所有美国人）喜欢带着可以忍受的鄙夷态度……"

但是，由于我的注意力都落在文章中频繁使用的称谓"我们"上，在1968年12月的最后几天，年仅十八岁的我，自然容易忽视《千千万万的逝者》中的这些话所包含的真理和沉痛。我现在懂得，人有办法无意识地在他人正在成型的思想中扎根，尤其是像鲍德温这样活在文字世界之中的人。不然，又如何解释，我竭力在小说中讲述奴隶主的故事，黑人和白人的故事，讲述蓄奴制度如何碾碎他们的心灵，让他们每天早上从床上起来，感谢上帝帮助他们压制对方。如果我知道讲述的重要性，那正是因为鲍德温等人很早以前就播种了这样的观念。（我万分感激鲍德温，因为在我阅读的黑人作家中，他是少数几个懂得，必须把白人当成真正的人来书写的。早在我知道自己会投身写作之前，鲍德温就告诉了我：你不用非得把白人非人化，才能刻画出一个完全人性化的黑人。）

跟随鲍德温的脚步，读完《哈莱姆贫民窟》《亚特兰大之行》和《土生子札记》这三篇散文，我对他有了更深刻的了解。以前，我只是从小说中认识鲍德温。他的小说绝对有前所未见的生命力。读他的小说时，我也许要努力想象面对的这个人。我有他的平装本小说，比如《向苍天呼吁》和《另一个国家》，里面附了一张邮票大小的照片和几句生平介绍。但他的散文让我对他有了更多的认识。如果我没有读过这些散文，他依然是鲍德温，但他不会这么真实地屈尊和我分享片刻。他的小说让我看到一个巨人，而这些散文让我看见一个人、一个邻居，或者可以说，一个长兄。

在《土生子札记》一文中，鲍德温描写了他亲历的哈莱姆骚乱。大约二十五年后，我在华盛顿有类似的经历。由于马丁·路德·金遇害，华盛顿也爆发了骚乱。不同的城市，不同的演员，但是同样的剧本，正如 1910 年到 1920 年期间席卷美国的骚乱的剧本，那也是一场蔓延至华盛顿的怒火。1968 年 4 月的骚乱中，我只是一个配角。（我可怜的母亲有太多要担心的；我最不想要的是加重她的负担，让她眼睁睁看见即将上大学的儿子进监狱。）我找了暑期工，大学隐隐在向我招手，我没有时间考虑自己、同学或邻人的感受。鲍德温这样的作家，最神奇之处在于，当我们阅读他们的作品，碰到迷人的段落，会不由自主地缓不过气来，我们生怕魂儿被勾走，只好把目光强行从书页移开。在 4 月的那几天里，尽管我很少外出晃荡，但在我的城市，从那些高呼口号破窗而入抢劫的人身上，我还是足以感受到某种新颖而不同的东西，某种古老而幽深的东西。正如在哈莱姆骚乱十二年之后，华盛顿骚乱十三年之前，鲍德温这样解释：“他们的站姿中有某种沉重的东西，似乎令人难以置信地表明，他们看见了共同的愿景，每张脸上似乎都笼罩着同样奇怪而痛苦的阴影。”

鲍德温反复如此书写，读者光靠移开目光，显然不够缓过气来呼吸。在《巴黎的平等》中，鲍德温讲述了他在1949年圣诞节期间入狱几天的悲伤故事，缘起于他用了一条不知道是偷来的旅舍旧床单。是的，被关了几天，只因为一条旧床单。只要看懂了这个故事，你就会完全明白“卡夫卡式”怪诞的意义。鲍德温在文章中没有直说，但是，与他一起经历了那种异常盲目的司法体制之后，我们清楚地知道，对于“所有不幸的人”来说，1949年的法国和1789年大革命之前的法国没有太大的区别。

这个故事非常荒诞（这种荒诞是另一种形式的压迫），以至于真的变得幽默好笑。经历了这个荒诞故事，鲍德温也意识到，法国的体系掌权者与“我祖国”的没有两样。他无法逃避，哪怕是在这个叫巴黎的地方，巴黎只是让他更清醒地知道这个道理。“在巴黎的第一年……我的人生，在我自己的眼里，就以一种深沉、阴郁、冷漠和解放的方式开始了。”

就这样，鲍德温继续一页页地书写，为我们提供他对人生的理解和洞见，提供他对人生的固执己见。他对事物的看法，并不都是正确的，但若忽视他的观点，我们就只能看见事物的局部，而这不会帮助我们找到长久有效的解决方案。因为写这篇导言，所以我重读了这本书；因为我已有了足够的生活阅历，所以我现在更能明白这点。这就是为什么，无论是从小处而言，还是从大处来讲，《村子里的陌生人》一书都值得珍藏。

在《哈莱姆贫民窟》中，鲍德温提到了《阿姆斯特丹星周报》，说它是“共和党报纸［无疑，共和党是林肯的遗产；林肯签署废奴法案，是因为他相信该法案有助于早日结束内战］，这种政治依附关系导致它的言论满是奇怪的鬼话……”。看到这里，我禁不住笑出声来。鲍德温写的可能是更温和善良的共和党人，随着时间的流逝，这些人将会变成更加邪恶和冷漠的政治动物。我不知道鲍德温是否看到，在罗纳德·里根总统任期内，黑人保守派公开亮相时发生的事。至今，在共和党车轮的各种轮辐里，都有一群黑人在为白人种族主义者辩护，说一些模棱两可的话。

《亚特兰大之行》是一篇深刻的警示故事，提醒防备黑人政客、白人激进主义者和自由主义者，这些人用模棱两可的话来掩盖家长作风，他们把黑人当孩子看待。重读这篇文章时，我不断想起华盛顿地区的白人自由主义者。2010 年，华盛顿时任的黑人市长（这个人受许多黑人诟病）在竞选中败给另一个黑人候选人之后，在报纸和博客上发表种族主义言论，抱怨投票的“黑鬼”分不清好歹。早在 1948 年，鲍德温就用他弟弟戴维的亚特兰大之行的故事，对我们发出了警告。

隔了如此长时间重读《村子里的陌生人》一书，让我感到惊讶的是，鲍德温是多么“新潮”。这或许听起来像是老生常谈，但生活中的许多例子向我们表明，一些老生常谈是建立在坚实、熟悉和永恒的事物之上的。《亚特兰大之行》一文中的故事只是这本书中上百个事例之一。在这篇文章里，我们再次看到鲍德温对他自己、对他的世界、对黑人充满乐观。甚至当他描写身为美国黑人的可怕处境时，他仍会带给我们一份乐观。这份乐观，有时像是隐约的背景音乐，有时像是绵绵不绝的鼓声。但是，在整本书中，鲍德温没有用一个叱喝的字眼，或许这能证明，他坚信自己的理念。

爱德华·P. 琼斯

2012 年 6 月 29 日—7 月 5 日

华盛顿

## 致 谢

感谢以下出版物，允许重刊当初首发于它们上面的文章：《卡门·琼斯》（1955年1月，原标题为《你眼中生活的真相》）、《哈莱姆贫民窟》（1948年2月）和《巴黎的平等》（1955年3月）首发于《评论》；《土生子札记》（1955年11月）和《村子里的陌生人》（1953年10月）首发于《哈泼斯杂志》；《亚特兰大之行》（1948年10月9日）首发于《新领袖》；《每个人的抗议小说》（1949年6月）、《千千万万的逝者》（1951年11月—12月）和《身份问题》（1954年7月—8月）首发于《党派评论》；《相遇塞纳河》（1950年6月6日，原标题为《巴黎的黑人》）首发于《记者》。

## 1984年版序

索尔·斯坦恩是我高中同学，编辑、小说家、剧作家。他最先建议我写这本书。我当时的反应并不积极。我现在还记得，我对他说，我还太年轻，没有到写回忆录的时候。

我从来没有想过，这些文章可以结集为一本书。老实说，它们发表后，我就抛诸脑后。索尔的建议让我惊奇和难过，因为我意识到岁月如流。他就像是兜头朝我泼了一盆冷水。

但是，索尔不依不饶。那时，我的处境依然险峻。1954年，我从巴黎回到美国，我完全不知道自己的动机是什么。我答应过一个瑞士朋友，要回家看看，但我认为这只是借口，它不构成强大的动机。我找不到那时回到美国的客观原因，我也不敢保证找得到主观原因。

我在1954年初回到美国。再过几个月我就年满三十，我恐惧得要命，但高兴的是，我可以和家人朋友在一起。自1948年离开后，这是我第二次回家。

我第一次回家是在1952年。那次我带回了创作的第一部小说与家人分享，在家住了很长一段时间；小说出版后，我就再度离家。1954年回家时，我带回了《阿门角》，同时正在创作《乔凡尼的房间》（后来从它遽然终结之处，衍变出了《另一个国家》）。

虽然1954到1955年有至暗的时刻，但这实际上是重要的一年，且不仅是事后回顾时才觉得重要。我闯过来了，证据就是我依然在工作。当我的好友马龙·白兰度获得奥斯卡金像奖时，我正好在萨拉托加温泉市的雅多作家俱乐部，我在电视上看见为他颁奖的贝蒂·戴维斯亲吻他以表示祝贺。已故的欧文·多德森那时从华盛顿打电话给我，说他在霍华德大学指导学生排演我的戏剧。我就去了华盛顿，在那里遇到了伟大的斯特林·布朗和已故的著名社会学家——伟大的E.富兰克林·弗雷泽。霍华德大学是我进的第一所大学；要是没有他们的帮助，我不知道我会是什么精神面貌。尽管霍华德大学的白人教员对我的戏剧表示了不满（“这出戏让戏剧系倒退三十年!”），尽管一档综艺节目提了一个让人迷惑的问题（“你认为北方的黑人怎么看待这出戏剧?”），尽管这出戏剧再次上演时差不多已是十年后，但感谢上帝，这出戏在当时创造了一个奇迹，连演了七天还是十天，最后一晚的演出，剧场里连站的地方都没有。那时，我也恋爱了。我很开心——这个世界从未如此美好。

只有一个小小的问题。我（或者说我们）没有一毛钱，没有吃的，没有住的。

索尔·斯坦恩旧话重提，要我写自传。我们最初同意收录九篇文章，但他后来要我再写一篇。往来于多德森家和邓巴酒店之间，我写了《土生子札记》这篇文章。我回到纽约，在那里完成了《乔凡尼的房间》。出版社的罗虽然不乏远见，但他带着惊恐和厌恶看了这本书稿后，决定不碰它。他对我说，你是一个年轻的黑人作家，要是出了这本书，会吓跑读者，毁了前途。总之，为了我的前途考虑，他不能出版这本书。我向他表示感谢，或许也夹杂了一丝明显的抱怨。然后，我向一位朋友借了钱，带爱人坐船又去了法国。

我从来没有想过要写散文：写散文的念头从来没有进入过我的脑海。而且，尤其是现在，我发现重现这段人生旅程很艰难。

这肯定与我努力寻找和努力逃避的东西有关。如果我是想努力找寻自我（总的来说，这是一个有点可疑的概念，因为同时我也总是努力逃避自我），在自我和我之间，必定沉积了岁月的岩石。岁月的岩石会割伤手指，撞碎敲打的工具。但是，岁月的岩石里面有一个我在某处：

我能感觉到，它在内心不断骚动，反抗囚禁。救赎的希望——我的身份——取决于能不能破译和书写这块岁月的岩石。

有一首歌写道，“带我到比我高的岩石”；另一首歌唱道，“把我隐藏在岩石里！”；还有一首歌声称“我在岩石里安了家”，或者“我跑到岩石里把脸藏起来：岩石哭出声来，我没有藏身之地！”。

这沉积起来的岁月岩石，破译出来就是我遗产的一部分（注意，是一部分而不是全部），但是，为了主张我与生俱来的权利（我继承的遗产不过是影子而已），有必要向这块岩石发出挑战，宣称它是为我所有。否则，这块岩石会宣称我是为它所有。

或者，换句话说，我继承的遗产是特定的，特别有限，让我受限；但我与生俱来的权利是广大的，将我和所有生灵、和所有人都永远联系在一起。但是，我如果不接受遗产，就不能要求继承权。

因此，当我开始认真写作时，也就是我知道会投身写作，写作就是我的生活时，我必须设法书写这种特殊的境况：这过去是、现在也是我继承遗产的鲜活的证据。与此同时，用这种书写，我必须索取我与生俱来的权利。当然，我是时间、环境和历史的产物，但我也并非仅限于此。我们都一样，并非仅限于此。

种族问题是所有美国人的遗产，无论他或她在法律上或事实上是黑人还是白人。这是一份恐怖的遗产，无数的人早在很久以前就为了它出卖了他们与生俱来的权利。直到今日，许多人还在继续出卖。这种恐怖的遗产，把过去和现在融合在一起。有人说，这种恐怖只是暂时的，但这种说法既不现实，也毫无意义。如果试图同大众探讨这个问题，可能是，而且已经是自杀式的行为，因为大众认为自己知道时间的存在，且相信时间可以战胜一切。

无论如何，这些问题与我开始写这本书有关。我设法在某种特定的遗产中进行自我定位，准确地说，利用这份遗产索取我与生俱来的权利。此前，这份遗产曾粗暴而明确地剥夺了我与生俱来的权利。

在这本书出版三十多年后，我依然必须难过地承认，当初写作的动力或必要性仍然没有改变。诚然，有一些表面的变化，其结果往好里说是模糊的，往坏里说是灾难性的。但骨子里根本没有变化，只有骨子里的变化是唯一真正的变化。“再多的变化[1],”愤懑的法国人会说（他们的感叹当然是发自内心的），“也还是老样子。”至少，他们还有诚实的风度。

在当下这种难以言表的危险乱局中，唯一明显可见的真正变化，是那些长期污蔑和压制他者的人害怕局面

1　原文为法语。（本书脚注均为译者注）

会反转。文明人从来没有真正尊重、承认或描写过野蛮人。事实上，野蛮人是文明人的财富源泉，野蛮人对文明人的持续臣服是文明人获得权力和光荣的关键。在南非（姑且只举非洲的一地），这绝对是毋庸置疑的真相，这是黑人生活的真相；在美国，黑人只是一种可消耗的物品，因此鼓励黑人从军，或者听听丹尼尔·莫伊尼汉和内森·格雷泽提出的观点，看在上帝的分上——鼓励黑人当邮差，做一个自食其力的人，而白人则担负起统治世界的重任。

好吧，再多的变化。更不用说像这样的朋友了——他们谈起自己的同胞时，口吻就像黑人公民。

如今，在希望和努力构成的骨架之下，蜷缩着一种未经承认的冰冷的恐慌。我说过，文明人从来没有真正尊重、承认或描写过野蛮人。只要认定对方是野蛮人，就没有什么值得尊重、承认或描写。但是，野蛮人会书写欧洲人，当抵达新（！）世界时，他们把这些还不是文明人的白人描写成来自天堂的人。非洲的野蛮人没有办法预见，他们将要遭受多么痛苦的离散。即便是把非洲人当奴隶卖的酋长，根本想不到这是永远为奴，或者至少千年为奴。在野蛮人的生活经历中，他们从没想过要为被奴役做准备，就像他们从没想过这块大陆是可以买卖的（正如我无法相信，人们会买卖曼哈顿高楼上的空域）。

但是，所有这些都发生了，且正在发生。从这种难以置信的暴行中，我们制造了快乐黑鬼的神话和《飘》

这样的小说。直到今天，美国北方人似乎仍然相信他们创造的传说，哪怕直到今天，还没有任何事实可以证实。而当这些传说受到质疑时——正如正在发生的一样，质疑这个世界本可以从来不、永远不属于白人时，我的同胞们就充满孩子气的报复心和难以言喻的危险。

我上面提到的未经承认的恐惧，源于对能够描写文明人的野蛮人的恐慌。唯一的阻止办法是抹杀野蛮人的人性。这种恐慌证明，无论是个人，还是民族，如果不知道自己在做什么，就不可能做任何事。没有一个人不为自己做出的选择付出代价。可以这样说，虽然听起来残酷又讽刺，但这个世界或人类可以证明白人至上的唯一证据就在黑人的脸上和声音里——这张脸无人审视，这些声音无人谛听。这张脸上的眼睛不但证明了被囚禁在这个应许之地上不可饶恕和难以想象的恐惧，而且证明困难总是暂时的；这个声音，一旦充满了愤怒和痛苦，并与囚徒的现实相呼应，就会用另一种语言呼吁另一种现实。那些认为自己是白人的人，可以选择是做人，还是事不关己。

或者，其实，事实上，他们已经过时了。因为，正如牧师告诉我们的，如果困难总是暂时的，那么，权力也是暂时的，那种所谓的“白人”身份，似乎总是依靠权力这个事实、希望或神话。

这本书首次出版时，我刚满三十一岁；这一版发行时，我六十将至。这是一个特殊的岁数，但我现在不会将之当作庆祝或感伤的契机。我觉得没有任何理由抱怨。顺其自然吧，不管明天会如何。但是，我有理由反思；我们在被迫回首往昔时，总会反思。我记得，很多年前，我还是目光呆滞、沉默寡言的孩子时，记忆里总是坐在角落的地板上，许多人以各种方式帮助我。在格林威治村里，我有一段艰难的时光，那里许多人受到警察的怂恿，认为从我头上玩跳马游戏会很有趣，我很快就不再谈论我的“宪法”权利。我认为，我，是一个幸存者。

一个怎样的幸存者？在那些年，当我陷入恐惧、愤怒或伤心时，有人总对我说：吉姆，需要时间。需要时间。我同意，我现在仍然同意。但对于我在20世纪50年代认识的一些人来说，肯定不是如此，没过多久他们就转身了，决定溜了，披上了美国国旗。像这样的朋友——我曾经全心全意相信的一群人，是一群可怜可鄙的懦夫。

我们不妨改日再谈他们。有人总劝我，需要时间。我年轻时，有人总对我说，黑人在美国被当成人对待这件事需要时间，但那一天会到来。我们会帮助你实现。我们向你承诺。

我用了六十年来守望承诺。这是一段漫长的守望时间，尤其是考虑到我的先辈和同辈的境遇。

在我的人生中，不变的是我先辈留下的记录。没有人为他们兑现承诺，没有人为我兑现承诺，我也不能劝告我的后来人，劝告全世界的黑人，相信我这些道德沦丧、极端虚伪的同胞说的任何话。

多丽丝·莱辛在她的《非洲故事集》的序言中写道："尽管白人对黑人的暴行是人类犯下的最严重的罪行之一，但肤色歧视不是我们的原罪，只是想象力萎缩的一个体现，它阻碍了我们在阳光下呼吸的每一个生灵身上看到自己的身影。"

阿门。向前[1]。

1984年4月18日

阿默斯特，马萨诸塞

1 原文为法语。

## 生平自述

三十一年前，我出生在哈莱姆。大约才学会识字，我就开始想写小说。我的童年故事无非是平淡乏味的幻想，可以略过不提，反正，我不想再经历一次。那时候，我母亲莫名其妙地有了一种恼人的习惯，就是不停地生孩子。孩子出生后，我一只手接管过来，另一只手还拿着一本书。我这样对待弟弟妹妹，他们可能遭了不少罪，不过他们生性善良，否认吃了苦头。就这样，我反复读了《汤姆叔叔的小屋》和《双城记》。事实上，我以这样的方式读完了能够到手的一切，除了《圣经》，也许因为它是唯一一本大人鼓励我读的书。我必须承认，那时我还写了许多东西。不管怎样，我最早的写作成就，是我的作品第一次发表，那年我约莫十二岁。我写的一个有关西班牙内战的短篇，在一份非常短命的教会报纸上获了奖。我记得那篇小说被一个女编辑做了改动，尽管我不记得什么原因，但我当时真的很生气。

那时，我也写戏剧，写歌（因为一首歌，我还收到纽约市长拉瓜迪亚先生的贺信），写诗（这方面少说为佳）。母亲看到我的势头很高兴，但父亲不以为然，他希望我当牧师。十四岁时我做了牧师，十七岁时我就不干了。不久，我离开了家。只有上帝知道，我与这个工商业化的世界斗争了多久（我猜他们会说是他们在与我斗争）。二十出头时，凭借一部即将杀青的小说，我获得了萨克斯顿奖学金。一年后，这份奖学金用完了，小说也没有销路。我开始在格林威治村的餐厅端盘子,写写书评，结果大多是关于黑人问题的。因为肤色，在这方面我自然而然成了专家。我还与摄影师西奥多·佩拉托斯基一同完成了一本书，是关于哈莱姆的临街教堂。这本书和我第一部小说的命运相同，带来了奖学金（罗森沃尔德奖学金），但没有销量。二十四岁时，我决定不再写黑人问题的书评；那时见诸报端的黑人问题和生活中的黑人问题几乎同样恐怖。我打包行李去了法国，在那里我完成了《向苍天呼吁》。天知道这是如何完成的。

我想，所有的作家都会感觉到，他所在的人世不过是一场阴谋，阻挡他施展才华。这种想法的背后肯定有许多理由支持。然而，正是世人用惊人的冷漠蔑视他的才华，作家才被迫看重自身。因此，作家在回首过去时，哪怕像我现在这样被迫回首一段短暂的时光，总会发现所受的伤害和所得的帮助密不可分。他能以某种方式得到帮助，是因为他以某种方式受到伤害。他得到的帮助只不过是把他从一个困境带到另一个困境，有人也许忍不住会说，是把他从一场灾难带到另一场灾难。当你开始寻找受到的影响时，会发现很多。但我不认为有许多东西对我有影响，至少对我没有很大的影响。我可以斗胆说，詹姆斯国王版本的《圣经》、街面教堂里的布道、充满反讽和暴力但轻描淡写的一些黑人话语、某种狄更斯式的对华丽风格的热爱，时至今日仍对我有所影响；但我不会让它们影响我一生。同样，无数人以各种方式帮助过我；但最终，我想我生命中最困难（也是最让我获益）的还是这个事实：我生来是一个黑人，因此，不得不与这个现实休战。（顺便说一句，休战，是可以指望的最好结局。）

黑人作家的一大难处，是黑人问题被书写了太多。我不是专门叫屈，不是有意地想暗示，黑人作家的处境比其他任何人的都更难。书架在信息的重压下呻吟，大家因此都认为自己见多识广，这些信息通常、普遍会强化传统的态度。传统的态度不外乎拥护或反对。究竟哪种态度令我更痛苦，我说不清。我现在是以作家的身份言说；从社会的角度来看，我充分意识到，态度从恶意到善意的改变远胜过没有改变，无论这种改变出于什么动机，无论多不彻底，无论表现形式如何。

但是，至少我认为，检视这些态度，深入表面之下，挖掘背后的根源，是作家的使命。就此而言，我们看到，黑人问题还没有摸到门儿。这个问题不仅写得太多，而且写得太差。可以说，一个黑人为了言说而付出的代价，是最终无话可说。（“你教会我语言”，卡利班对普洛斯佩罗说，“我从中得到的好处是知道如何用它来诅咒。”）我们看到，黑人问题引发了大量社会活动，迫使白人和黑人朝前看，努力创造更好的明天。不错，这可以把水搅浑；的确，只有这样才可能推进黑人问题。但是，一般说来，无论该不该，社会问题都不是作家关注的首要问题。作家必须与社会问题保持距离，才能看得清。想要前瞻的未来更有意义，作家首先必须努力回顾过去。但是，一涉及黑人问题，无论白人或黑人，都丝毫没有回顾过去的欲望，还用充足的借口来回避。我认为，正是过去才使现在具有连续性；更何况，如果拒绝客观公正地评价过去，那么它将始终是梦魇般的存在。

我知道，当我被迫承认自己是西方世界的杂种，当我追溯过去，发现祖先来自非洲而不是欧洲，我成长过程中的关键时刻就已到来。这意味着，以一种微妙的方式，以一种深刻的方式，我带着一种特殊的态度看待莎士比亚、巴赫和伦勃朗，看待巴黎石建筑、沙特尔大教堂和帝国大厦。这些东西不是我创造的，不包含我的历史。我也许会永远徒劳无功地在它们之中寻找自身的影像。我是一个闯入者，它们不是我继承的遗产。与此同时，我也没有其他遗产可以利用——我当然不适合生活在丛林或部落。我必须挪用白人几百年来的遗产，必须把它们变成我的财富。我必须接受我的特殊态度，接受我在白人系统中的特殊位置；否则，我在任何系统中都没有位置。最困难的是，我被迫承认过去我总要隐藏的某些东西，那是美国黑人不得不隐藏的东西，为的是换取在公共生活中的进步。那就是，我恨白人，怕白人。但这并不意味着我爱黑人；相反，我鄙视黑人，或许是因为黑人中没有诞生一个伦勃朗。实际上，我是恨这个世界，怕这个世界。这不仅意味着我由此赋予这个世界完全戕害我的力量，还意味着在这样一个如同地狱边境般令人自毁的世界里，我无从寄望于写作。

作家只有一样东西可写，那就是他自身的经历。一切都依赖于他无情地榨干其经历可能提供的素材，直到最后一滴，无论是甜蜜还是苦涩。艺术家唯一真正关心的，是从无序的生活中重新创造出秩序，这种秩序就是艺术。对于我来说，身为黑人作家的困境是，我所处的社会环境提出的极多的要求、带来的真实的危险，让我没有办法过于仔细地省察我的经历。

我认为，上面提到的困境并非极端。我的确认为，既然作家在用语言这一过于直接的媒介进行创作，那么就不难解释，尽管有丰沛的黑人语言和生活作为资源，尽管有黑人音乐为表率，但通常而言，黑人的散文还是那么苍白，那么粗粝。我连篇累牍地写黑人的生活，不是因为我认为这是我唯一的主题，而仅仅是因为这是我必须打开的门，在这之后才能指望写别的东西。我认为，只有考虑到语境，才能连贯地讨论美国黑人问题。美国黑人问题的语境就是美国的历史、传统、习俗，以及美国的道德立场和关怀，总之，就是美国的整个社会结构。与看上去的样子恰恰相反，没有一个美国人能免于受到这个语境的影响，每个美国人都对它负有一定的责任。我现在更加坚信这一点，因为现在人们一谈论黑人问题，就好像是身外之物，与己无关，这种态度成了大势所趋。但在福克纳[1]的作品中，在罗伯特·潘·沃伦[2]显现的基本态度和一些具体的段落中，最重要的是，在拉尔夫·艾利森[3]现于文坛之后，我们至少开始看到真正具有穿透力的探索。顺便说一句，艾利森先生是我读到的第一个黑人小说家，在语言中巧妙地利用了黑人生活中的暧昧和反讽。

至于我的兴趣——我不知道我是否真的有兴趣——

1　威廉·福克纳（William Faulkner，1897—1962），美国南方作家，1949年诺贝尔文学奖获得者，其作品多描绘复杂的南方社会现实。

2　罗伯特·潘·沃伦（Robert Penn Warren，1905—1989），美国第一任桂冠诗人。其诗作在继承南方文化传统的同时，还对南方历史进行了审视。

3　拉尔夫·艾利森（Ralph Ellison，1914—1994），当代著名美国黑人作家，代表作《看不见的人》（*Invisible Man*）。

除非拥有一部十六毫米摄影机、拍摄实验电影这一病态的欲望也算是兴趣。在其他方面，我喜欢吃吃喝喝；我忧伤地坚信，我从未有足够的东西吃（这是因为，如果你总是担心下一顿，是不可能吃够的）。我喜欢和观点略有差异的人争论。我喜欢笑。我不喜欢波希米亚风格或是波希米亚风格的人，我不喜欢以享乐为主要目标的人，我不喜欢对任何事情都一本正经的人。我不喜欢因我是黑人而喜欢我的人，我不喜欢因同样偶然的理由而鄙视我的人。我喜欢美国胜过世上其他国家，理由恰恰是我坚持认为我永远有批评它的权利。我认为一切理论都是可疑的，哪怕再好的准则，都可能需要修正，甚至被生活的要求粉碎。因此，一个人必须找到自己的道德中心，穿行在人世时，希望这个中心能够正确引航。我认为，我有许多的责任，但最大的责任莫过于此：正如海明威所说，活下去，完成我的工作。

我想做一个诚实的人，做一个好作家。

# 第一部分

# 每个人的抗议小说

《汤姆叔叔的小屋》[1] 是美国社会抗议小说的基石。小说中的圣克莱尔是个善良的主人。他那个成长于新英格兰的堂妹奥菲丽娅小姐对他的行为极不赞同。圣克莱尔对奥菲丽娅说，据他所知，为了白人的利益，此世的黑人交给了魔鬼接管，但是，他若有所思地补充道，也许来世黑人和白人会换个位置。听到这番话，奥菲丽娅义愤填膺地感叹道："这太可怕了！你应该为自己感到羞耻！"

我们也许会觉得，奥菲丽娅说出了作者的心声。这声感叹言辞简洁，充满义愤，无可辩驳，就像人们有时

---

1 《汤姆叔叔的小屋：卑贱者的生活》(*Uncle Tom's Cabin; or, Life Among the Lowly*) 是美国作家哈里特·比彻·斯托 (Harriet Beecher Stowe) 于 1852 年发表的一部反蓄奴制长篇小说。

在装饰漂亮的房间中的墙壁上看到的励志格言。在这样的格言面前，一个人若是闻出有一股站不住脚甚至有伤风化的油嘴滑舌的味道，总会转身离开。但奥菲丽娅和圣克莱尔是极度认真的。他们都没有质疑这场对话背后的中世纪道德观念：黑人、白人、魔鬼、来世，以及在天堂和地狱之间的轮回，对于他们来说，正如对于作者来说，这些全都是真实的。他们唾弃黑暗，害怕黑暗；他们努力追求光明。就此而言，奥菲丽娅的感叹，与斯托夫人的小说一样，光芒万丈，就如吞噬女巫的烈焰。尤其令人惊心的是，在我们这个更加开明的时代，看到书写黑人受压迫的小说，仍全都只是在感叹："这太可怕了！你应该为自己感到羞耻!"（我们暂且忽略黑人写的受压迫的小说，它们只是给这声感叹增加了一句近乎偏执的痛苦附言；就像我希望在下文表明的那样，它们表面上是在抗议压迫，实际上强化了激起这种压迫的理念。）

《汤姆叔叔的小屋》是一部很烂的小说。它自以为是的道德感伤，堪与《小妇人》相提并论。感伤，或炫耀虚情假意，是不诚实的标志，是感受力的匮乏。感伤主义者的泪眼暴露了对经验的反感，暴露了对生活的惧怕，暴露了心灵的干涸；感伤从而是秘密而凶残的非人道的信号，是残酷的面具。《汤姆叔叔的小屋》如同众多步其后尘、不动感情的作品一样，不过是一系列暴力的记载。尽管斯托夫人想要展现全貌的决心值得称赞，但其题材的性质还是解释了这一点。只是，在我们停下来追问她呈现的画面是否真的全面时，这种解释才开始动摇。我们还需要追问，究竟是何种知觉的束缚和丧失，才迫使她如此依赖于描写毫无动机、没有意义的暴行，而不回答甚至不注意这个唯一重要的问题：到底是什么，促使白人犯下此类暴行？

不过，我们暂且承认，斯托夫人没有能力回答这个问题。与其说她是严肃的小说家，不如说是感伤小册子的写手。她的小说只不过是想证明蓄奴制错了，蓄奴制真的很恐怖。这样的目标只够写出小册子，不足以写成小说。唯一需要追问的是，为何我们仍然跳不出同样的认知局限？为何我们不愿意在斯托夫人的终点继续前行，去发现和揭示更接近于真理的东西？

遗憾的是，这里出现的“真理”一词，已经遍体鳞伤。我们看见它，立马产生许多疑问，而且，由于有了太多的说教，这个不幸的语词往往让人剑拔弩张。既然如此，我们不妨暂且说，这里使用的“真理”一词意味着为人类献身，为人类的自由和幸福献身——这种自由不是立法规定的自由；这种幸福也不是可以绘制的幸福。这是问题的关键、参考的框架。它不应该与另一种意义上的“献身”混为一谈，人们太容易将之等同于为某种事业献身，众所周知，每种事业都背负着嗜血之名。在我看来，在这些机械的、相互联系的文明中，我们把人这个生物打磨成了省时的装置。然而，人毕竟不只是社会或团体中的成员，不只是需要科学来解释的可悲难题。人不只是这样的东西，人是绝对难以被定义、难以被预测的，不管这些话听起来多么陈旧。忽视、否定、躲避了人的复杂性——也就是令我们自身感到不安的复杂性，我们就会越来越渺小，最终走向毁灭。只有在暧昧和悖论的网络中，在饥饿、危险和黑暗中，我们才能够立刻发现自己，发现自我解放的力量。这种自我解放的力量正是小说家追求的事业；这种走向更为广阔现实的旅程必须先于其他诉求。如果作家真的相信今日人云亦云的“作家的责任”，那么他将会自甘堕落，而我们将损失一位作家，因为这种所谓的责任似乎意味着作家必须正式宣布他被卷入了他人的生活，受到了他人的影响，一定要说点什么来包装一下这个不言自明的道理。而且，这种责任根植于同样机械的现实生活，与之相咬合，使之强化。无论是《君子协定》[1]，还是《邮差总按两次铃》[2]，都体现了人类的恐惧，体现了将人变得渺小的决心。在《汤姆叔叔的

1 《君子协定》（*Gentleman's Agreement*）是1947年上映的美国剧情电影。一名记者为了撰写一篇关于反犹太主义的报道而假装成犹太人，并亲自发现了偏见和仇恨的真实深度。

2 《邮差总按两次铃》（*The Postman Always Rings Twice*）是美国作家詹姆斯·凯恩（James M. Cain）于1934年发表的长篇小说。流浪青年弗兰克到小餐馆去打工，与店主的年轻妻子私通，并策划车祸杀害店主，通过种种办法几乎逃脱法律制裁，最后却在命运的阴差阳错中被推上了绞架。

小屋》中，我们或许能发现这两部作品的前兆：为了找到一种比真理更容易接受的谎言，人们建立了一个公式，这个公式被传承、被牢记，带着一种可怕的活力。

考虑一下斯托夫人小说的另一个方面，也是挺有趣的，那就是她用来解决书写黑人问题的方法。除了那一队精力充沛地在农场干活的黑人、做家务的黑人、克洛伊、托普西等——他们都是俗套的普通人物，没有什么问题——《汤姆叔叔的小屋》中只有三个黑人。他们都是重要的人物，但其中两个可忽略不计，因为斯托夫人告诉我们，他们是黑人，可在其他方面，她尽可能把他们塑造成和白人一样。这两个黑人是乔治和伊丽莎。他们是夫妇，有一个非常可爱的孩子，而且这个机灵漂亮的孩子让人不禁想起一个擦皮鞋的黑人男孩，他应和着顾客施舍的钱币发出的叮当声，跳了一曲单人踢踏舞。伊丽莎是虔诚的混血美女，肤色比较淡，不大像黑人——顺便插句话，小说《品质》[1]的女主角可能是以她为蓝本——伊丽莎与监管教育她的温柔白人主妇的唯一区别在于她是仆人。乔治的肤色虽然比较黑，但他在机械方面的天赋弥补了这个缺陷。而且，作为一个离开主人家的逃犯，他能穿街走巷，没人识破，必然也不大像黑人；他伪装成西班牙绅士，无论多么不可思议，反正没人怀疑。

---

1 《品质》（*Quality*）是英国作家约翰·高尔斯华绥（John Galsworthy）于1911年发表的短篇小说。

无论是伊丽莎，还是乔治，他们和托普西都不是一类人。这部小说充满了刺激的情节，像坐过山车一样，直到结尾才真相大白，伊丽莎是法国乡绅之后。除了伊丽莎和乔治，另一个重要的黑人就是书名中的汤姆叔叔。他皮肤乌黑，头发毛茸茸的，没有文化，是一个有争议的人物；他极能忍耐。他必须忍耐。他是黑人，只有忍耐，他才能活着，才能胜利。（不妨与福克纳《喧哗与骚动》的序言对比：其他人不属于康普森家族；他们是黑人，他们需要忍耐。）汤姆叔叔的胜利是抽象的胜利，是怪异的胜利；因为他是黑人，生来没有光，只有依靠谦卑，肉身不断地苦修，才能与上帝或人交流。斯托夫人的义愤不是出于对人际关系的世俗考虑，不是如她宣称的那样出于对人与上帝之间关系的神学考虑，只是出于恐惧——害怕投入地狱的火焰，害怕与魔鬼做交易。她全身心地拥抱这种冷酷的学说，无耻地在上帝的宝座前做交易：上帝和救赎变成了她个人的财富，可以用她美德的钱币购买。在她这里，黑人等于邪恶，白人等于恩典；考虑到行善的必要性，她不会赶走黑人——这群可怜的乌合之众，似乎像一个谜，迷住了她的心眼——但是，不清洗完他们的罪恶，她不会主动去拥抱。她必须遮住他们令人害怕的黑色皮肤，为他们裹上象征救赎的白色袍服。唯其如此，她才能从永存的罪恶中解脱；唯其如此，她才能如圣保罗要求的那样，埋葬“作为肉身的人”。因此她小说中唯一真正的黑人汤姆被剥夺了人性，剥夺了性别。这是他生为黑人的代价。

《汤姆叔叔的小屋》的推动力，不妨称为对神学的恐惧，也就是对惩罚的恐惧。这部小说散发出热烈的、自以为是的可怕精神，与中世纪时想通过烧死女巫驱除邪恶的精神无异，与激起暴民私刑的恐惧无异。我们不必寻找耸人听闻的历史事件；这是每天都在心中发生的战争，如此壮阔，如此残酷，如此强大，种族间的握手或通婚所遭受的精神痛苦，就如被公开施以绞刑或秘密遭到强暴。恐惧激活了残酷；这种对于黑人的恐惧使我们超越肤浅生活的愿望化为泡影；这种恐惧不仅与我们这闪亮的、机械的、无处逃避的文明密切相关，还为之提供了养料，判处我们的自由以死刑。

这就是我们的现状，即便美国抗议小说公开宣称，它们要为被压迫者带来更大的自由。无论它们对语言犯下什么暴力，对可信度提了多少过分的要求，考虑到其好意，它们还是得到了原谅。事实上，有人要是暗示，这些抗议小说的语言不好，人物不可信，会被认为是接近颓废的轻浮的表现。总有人告诉我们，要识大体、顾大局，抓大放小，社会利益先于优美的语言风格和可信的人物塑造，可到底什么是社会“利益”？即便这种理由无可厚非，它还是会带来难以克服的混乱，因为文学和社会学根本不是一回事。如果当成一回事，那既不可能讨论文学，也不可能讨论社会学。我们热衷于分类，让生活井然有序，却带来了一种未能逆料的痛苦悖论，那就是意义的混乱或瓦解。所谓分类，目的是定义和把握世界，然而没想到，却像回旋镖一样，把我们打回混沌。在混沌的地狱边境，我们晕头转向，只好拼命抓住定义的稻草。抗议小说非但没有令人不安，反而是美国社会中被人接受、令人欣慰的一个方面，它分化了我们以为很必要的框架。无论什么令人不安的问题被提出来，都是短暂的、刺激的。因为它与我们无关,离我们远远地，被安全地放置在社会舞台上；在那里，它事实上与任何人都没有关系；最终，我们会因为阅读这样一本书而感动不已。来自深渊的这种报道让我们确信，深渊的确存在，那里很黑暗，而我们得到了救赎。“只要那样的书还在出版，”一个美国的自由主义者曾经对我说，“一切总会好的。”

但是，除非一个人的理想社会是由一群无足轻重之人组成，他们经过了合理分类，个个辛勤劳作，否则我们很难认同抗议小说自我标榜的崇高目的，也很难认同目前对于它们的乐观态度。抗议小说是为抗议而生：它们是一面镜子，映照我们的混乱、虚伪、恐惧，映照我们在美国梦这个阳光照耀下的监狱中不能自拔。它们是感伤的幻想，连接了乌有和现实，正如《黄金时代》[1]那样的电影或者詹姆斯·凯恩先生的小说都纯属幻想。在当前那些令人眼花缭乱的歌剧背后，我们或许仍然能够辨别出斯托夫人那些强大的神学成见是一种主导性力量，比如病态而空洞的歌剧《流浪男孩》。最终，抗议小说的目的变得非常类似于前往非洲的天真的传教士，他们热衷于遮蔽土著的裸体，将土著匆忙赶进基督苍白的怀抱，从此受尽奴役。这个目的现在已变成把所有美国人化约为那位具有强迫症的冷血大兵乔一样的人。

能够说服那些现实生活中地位低下的人相信这种旨意，这是社会奇特的胜利和损失。社会有力量和武器将其旨意变成事实，就社会现实而言，那些被断言为底层的人实际上就是社会造就出来的。这种现象虽比在蓄奴制时代更加隐蔽，但同样无情。现在，正如过去一样，我们发现自己被分类的性质困住，首先是无从分类，接着是受制于分类。激烈地抱怨这种陷阱无助于逃离；似乎这种抗争才是唯一需要的动议，才是强加于我们的陷阱。诚然，在我们出生时，现实就把笼子加于我们头上，在这个笼子内、在它的背景下，我们逐渐成型。但是，正

1 《黄金时代》(*The Best Years of Our Lives*）是1946年上映的美国电影。该片根据麦金利·坎特（MacKinlay Kantor）的小说《我的荣光》改编，讲述了三名参加“二战”的归国军人在社会和家庭方面所遇到的一系列挫折和问题的故事。

是通过我们依靠的现实，我们被无休止地引入歧途。社会由我们的需求维系；我们用传奇、神话、胁迫将之连在一起，我们害怕没有了社会，将被抛进虚空。如同言词出现之前的世界，社会的根基在虚空中隐藏不见。社会的功能就是保护我们远离这虚空。但正是这虚空——也就是我们未知的自我——永远要求新的创造行为，将我们“从这个世界的邪恶中”拯救出来。用同样的创造行为，我们无休止地努力走向虚空；同时，我们也无休止地努力逃避虚空。

必须记住，压迫者和被压迫者身处同一个社会，相互捆绑在一起。他们接受同样的标准，拥有共同的信仰，立足于相同的现实。在这个笼子里，说一个“新”社会是被压迫者的梦想，那是空想，或者更加准确地说，是无意义的，因为被压迫者战战兢兢地依赖的现实支柱，也是压迫者[1]的现实支柱，这使得真正的“新”社会难以想象。所谓的新社会，应是这样一个社会：不平等现象消失，伸冤必报。在“新”社会里，要么根本没有压迫者和被压迫者之分，要么二者易位。但最终，在我看来，被压迫者想要的是提升社会地位，在现有的共同体内被接纳。因此，背井离乡的异教非洲黑人，匆匆离开拍卖台，走向田野，跪在他现在必须相信的上帝面前；上帝

1 原文为德语。

创造了他，但不是依照上帝的形象。这种特殊的造型，这种不可能与上帝同形，是美国黑人的遗产：为我施洗吧，黑奴对造物主哀求道，我会白一点，比白雪还白！因为黑色是邪恶之色，只有获得拯救之人的罩衣才是白色。这声哀求，永远回荡在广播里，在头脑中；这声哀求，他必须生死与共。在这份广泛传播的暴行目录背后是这种现实，他既要逃离，也要冲去拥抱，但无论是逃离还是拥抱，对他来说，都是同样的梦魇。我们想起令空气凝重的教堂钟声。黑人的命运如同卡夫卡笔下的城堡一样云遮雾罩，现在美国致力于终结这个悖论。（它可能会终结吗？）逃还是不逃，动还是不动，全都是一样；黑人的命运写在额头，扛在心上。《土生子》中的比格尔·托马斯站在芝加哥的街头，望着白人的飞机追逐太阳，咒骂道，“他妈的”。他的痛苦像鲜血一样喷出，他想起数不清的歧视，想起寒酸的家里老鼠成灾，想起领取家庭救济的屈辱，想起无端的、丑陋的激烈争吵。他仇恨这样的人生。仇恨像硫黄火一样淤积在小说中。比格尔的人生被他的仇恨和恐惧所控制，所限定。后来，恐惧驱使他杀人，仇恨驱使他强奸。我们得知，借助暴力，他直到死才第一次过上真正的人生，第一次救赎他的人性。在我看来，这部小说的表象之下，隐含着一种连续性，也就是对它要摧毁的丑恶传说的补充。比格尔是汤姆叔叔的后代，是汤姆叔叔的肉中之肉，刺中之刺，但他们是完全对立的形象。若将《土生子》和《汤姆叔叔的小屋》对照，可以发现，当代黑人小说家和那个死去的新英格兰女人似乎卷入一场生死攸关的永恒战斗之中，一方声嘶力竭地发出无情的规劝告诫，另一方高声咒骂。事实上，在欲望和愤怒之网中，黑人与白人只能攻击和反击，渴望对方缓慢而痛苦地死去，死于蹂躏，死于迷药，死于刀刃，死于火海。攻击和反击，这种渴望使得蒙住他们眼睛、令他们窒息的那团烟云更加浓烈，最终他们一起坠入深渊。因此，如果说牢笼一样的现实出卖了我们，那么现在，我们极力为之投保，结果生命却化为乌有。因为比格尔的悲剧不在于他的冷漠，不在于他是黑人或吃不饱肚子，甚至也不是因为他是美国黑人，而是他接受了一种无视生命的僵化理论，承认自己可能是次等人，因此觉得必须按照与生俱来的残酷标准来为自己的人性而战。但是，我们的人性是我们的重负，是我们的生命。我们不需要为之而战；我们只需要做一件困难无数倍的事，那就是，接受我们的人性。抗议小说的失败，恰恰在于它坚信只有将人分类才是真实的，并且这种分类是不可逾越的，其结果是无视生命，拒绝人性，否定人的美好、恐惧和力量。

## 千千万万的逝者

美国人能够欣赏黑人音乐，是因为一种保护性的感伤限制了他们的理解。只有在音乐中，美国黑人才能够讲述自己的故事。但这是一个还没有讲出来的故事，是一个没有任何美国人准备听的故事。未言说之物的必然结果，就是我们直到今日依然发现自己受到一种危险的、发出回声的沉默的压迫。这个故事被迫用象征和符号、用象形文字来讲述。它流露于黑人的语言，流露于大多数白人的语言，流露于大多数白人不同的参照系。我们的流行文化和道德观念，显示出黑人对美国人心理的影响。我们与黑人的疏离有多远，我们与自我的疏离就有多远。我们不能问：我们对黑人的真实感受是什么？这样的问题只会打开混沌之门。我们对黑人的真实感受，牵涉到我们对一切事物、对每一个人、对我们自己的感受。

美国黑人的故事就是美国的故事，或者更确切地说是美国人的故事。这不是一个很美的故事：一个民族的故事从来不会很美。美国黑人被忧伤地称为斜穿过我们民族生活的一道阴影。他岂止是一道不美的阴影，他是一系列的阴影，自我生成，相互缠绕，到现在我们还在绝望地与之战斗。不妨说，除了在我们心灵的黑暗深处，美国黑人并不真正存在。

这就是为什么美国黑人的历史、他的进步、他与其他美国人的关系，一直被限制在社会舞台。他是一个社会问题，而非个人问题或人的问题。提到他，就想到统计数字、贫民窟、强奸、不义、遥远的暴力；就要无休止地罗列得失和战斗；就是自命高洁、愤懑无助，他在我们中间持续的状况犹如癌症或肺结核之类的疾病，即便不能治愈，也必须加以控制。在这种社会舞台上，黑人获得了与他在生活中全然不同的形象。我们不知道如何与生活中的他打交道；如果他打破了他在社会学和情感上的形象，我们就会惊恐万分，觉得上当受骗。因此，当他违背这种形象时，他就身处最危险的境地（我们意识到这点后，总是不安地怀疑他是为了我们的利益才经常扮演这个角色）。尽管并不总是如此明显，但同样真实的是，我们也身处某种危险的境地，因此，我们要么退却，要么立刻进行盲目的反击。

因此，我们不把黑人当人看，与我们不把自己当人看密不可分：我们自己身份的失落，是我们为解除他的身份所付出的代价。时间和我们自己的力量扮演了我们的同盟，在传统的主人和奴隶之间制造出一种难以想象、徒劳无益的矛盾。之所以说难以想象、徒劳无益，是因为，即使这种矛盾已经变得实在可见，它依旧和现实没有任何关系。

时间在黑人的脸上留下了一些变化。但是，没有任何东西能够成功地让黑人的脸完全和我们一样，尽管普遍的愿望似乎是，如果我们不能使黑人的脸变成白色，那么也可使之变成空白。当它变成了空白，“过去”完全从那张黑脸上抹去，正如从我们的白脸上抹去，我们的罪恶感就会终结，至少不再可见；无论是终结，还是不可见，我们认为几乎是一回事。但自相矛盾的是，正是我们阻止了这种事情发生；因为正是我们，时时刻刻将我们的罪恶重新涂在黑人的脸上。我们绝望地、狂热地用一种更加矛盾、但同样邪恶的方式如此做，出于一种我们尚未意识到的对宽恕的需要。

时至今日，可以肯定的是，我们知道，黑人并非在生理或心理上低人一等。传说他有体味，十分纵欲，这都不是事实；或者说，这些都是社会科学可以轻易解释甚至为之辩护的东西。但在我们最近的战争中，他的血统被区分对待，正如在大多数情况下，他这个人被隔离出来。直到今日，我们还是紧守分界线，他不可以娶我们的女儿或姐妹，（大多数时候）他也不可以与我们共餐或同住。那些越界的黑人,需要付出双重异化的沉重代价:一方面，与他们的自己人决裂，要否认自己的特性，或者更糟糕——廉价出售他们自己的属性；另一方面，与我们决裂，因为当我们接受他们时，我们要求他们立刻放弃黑人的身份，但要记住身为黑人的意义，换言之，记住身为黑人对于我们的意义。侮辱的门槛是更高或更低，要视具体的人而定,从亚特兰大的擦鞋匠,到纽约的名流。一个黑人必须走到很远的地方，置身于无所谓得的圣徒中，或者无所谓失的被抛弃者中，才能找到一个不看重他身份的地方。但即便在那里,也许一个字眼、一个手势，或者仅仅一阵沉默，也将表明他身为黑人还是有所谓的。

因为，身为黑人毕竟意味着某种不同的东西，正如生在爱尔兰或中国，住在视野开阔、能看见高远天空的地方,或住在满眼瓦砾或高楼的地方,都意味着不同的东西。无论我们如何尝试，都不能摆脱我们的根，我们会一直找这些包含着关键的根，而这些会决定我们之后成为什么样的人。身为黑人的意义是什么，远非本文所能发掘；但是，身为美国黑人的意义，通过审视为之编织的神话，或许可以得到一些暗示。

杰米玛阿姨[1]和汤姆叔叔死了，他们的位置被一群适

1 19世纪末，“杰米玛阿姨”是一个流行的“黑人嬷嬷”形象。她身材魁梧、皮肤黝黑、笑容灿烂，这种形象根植于一种刻板印象，即为白人家庭做保姆的友好黑人妇女。

应能力惊人的年轻男女占据。这些年轻人虽然差不多还是一样黑，但非常有文化；他们穿着入时，干净整洁；他们从来不会遭到嘲笑；他们不可能涉足棉花地、烟草地或任何别的地方，除了最现代化的厨房。当然，还是有一些黑人，用我们奇怪的术语来说，仍然是“弱势群体”。有的很痛苦，乃至于痛不欲生；有的不幸福，但由于不停地有证据向他们证明，更好的日子即将到来，很快就不那么不幸福了。他们中间大多数人都不关心种族问题。他们只想如同美国的其他公民一样，在阳光下有一个合适的位置，有不受干扰的权利。我们或许都能更加自如地呼吸。但是，在我们对杰米玛阿姨和汤姆叔叔的死亡额手称庆，乃至近乎有伤风化之前，我们最好问一问，他们从哪里来？他们过着什么样的人生？他们消逝在了怎样的地狱边境？

无论我们为他们描绘的形象有多么不准确，那些形象的确不仅暗示出他们的人生境况，而且暗示出他们的生活品质，暗示出他们的人生境况对我们良知的影响。没有人比杰米玛阿姨更能忍耐，比她更强大、更虔诚、更忠诚、更睿智；同样，没有人比她更弱小、更无信仰、更邪恶、更不道德。汤姆叔叔，这个值得信任、没有任何性征的人，只需要丢下“叔叔”的称谓，就会变得暴力、狡诈和冷酷，对任何路过的白种女人构成威胁。他们为我们准备好盛宴，准备好丧服。如果我们可以夸口称理解他们，倒不如说他们理解我们，这更加切中要害，真实可信。而且，他们是这个世界上唯一真正理解我们的人。他们不仅比我们自己还懂我们，而且比我们更了解他们自己。这是美国笑话的一味辛辣调料，它隐藏于我们的不安之后，正如隐藏于我们的善良之后：杰米玛阿姨和汤姆叔叔，这两个我们创造的人物，最终逃脱了我们的控制。他们有了一种人生，他们自己的人生，或许比我们更好的人生，但他们不会告诉我们那是怎样的人生。当我们偷偷地、拼命地猜想，到底是多深的蔑视，多高的冷漠，多么丰富的弹性，多么难以驯服的优越感，才使得他们生机勃勃地忍耐；既不自寻死路，也不跳起来反击，把我们从大地上抹除。就在此刻，他们的形象突然永远破碎，令人目瞪口呆。我们中间的黑人，他的心里装着谋杀的意图，他想要报复。我们心里也装着谋杀的意图，但我们想要和平。

我们想象中的黑人仍在我们拒斥的过去中呼吸，他没有死，而是生机勃勃、充满力量，他是我们统计学丛林中的野兽。正是这头野兽击败了我们，并将继续击败我们，给种族间的鸡尾酒会带来轻快优雅、充满微笑但又紧张危险的气氛：在那样一次聚会的任何客厅，这头野兽随时可能跳出来，顷刻之间，室内物什飞舞，一片鬼哭狼嚎。无论在哪里，只要触及黑人问题，总会带来混乱和危险。无论黑人面孔出现在哪里，就会产生一种紧张感，即使是不可言说之物，也充满了无言的紧张。因此，认为过去已经死亡，这是一种情感谬误。若说一切都被遗忘，就连黑人自己都已忘记过去，这等于白说。这不是记忆的问题。俄狄浦斯忘记了缠住他双脚的布带，但它们留下的印记见证了他的双脚带他走向的命运。黑人忘记了自己小时候别人打他的那只手，吓坏他的那种黑暗，但是，那只手和那种黑暗一直伴随着他，永远无法与他分离，成为驱使他四处逃亡的激情的一部分。

一个美国人的诞生始于这一刻：他拒绝了所有其他联系，拒绝了任何别的历史，他接纳了收养他的这块大地的一切覆盖物。在我们的历史上——某种意义上这是我们的历史——所有美国人都面临这个问题。直到今天，这个问题还令新移民困惑，令第二代移民心烦意乱。就黑人而言，无论是否愿意，过去都要从他身上剥离；但放弃过去没有意义，对他没有任何好处，因为他那真正可耻的历史写在他的额头。说可耻，是因为他是异教徒，是黑人，如果我们不冒险闯入丛林，给他们带去福音，他们永远找不到治愈他们的基督之血。说可耻，是因为我们作为传教士的角色并非完全公正，所以有必要召唤可耻，转嫁给他们，为的是更容易摆脱我们自己的羞耻。当他接受了雪花石膏雕刻的基督像和带血的十字架——佩戴了十字架，他会得到救赎，事实上让我们吃惊和愤怒的是，他有时的确是得到了救赎——他必须相应地接受我们给予他的形象。他没有别的选择，只有接受带进那片黑暗丛林里的炫目之光，不然将面临死亡的威胁。如果我们希望理解他的心理，就必须记住这个十分显而易见的困境。

无论我们如何变换这道强烈照耀在他们头上的炫目之光，或者通过有效的社会分析，证明他的命运如何改变，证明我们如何都在进步，我们的不安仍没有被驱逐。最明显的莫过于我们关于这个题材的文学——若是白人书写，就是“问题”文学；若是黑人书写，就是“抗议”文学——最醒目的也莫过于这两种创作之间口吻的巨大差异。比如，《王孙梦》[1]和《破胆惊心》[2]几乎没有任何关系，但同样的评审人都给它们好评，归根结底，还是根据同样的理由。这些理由或许从以下简短但并非完全不公正的评语中约莫可见，那就是，这两部小说几乎有着一样的前提：在这个世界上，黑色与生俱来就是恐怖的颜色。

---

1 《王孙梦》（*Kingsblood Royal*）是美国作家辛克莱·路易斯（Sinclair Lewis）于1947年发表的长篇小说。主人公聂尔·金斯伯勒无意中发现自己有黑人血统。经过长期艰苦的思想斗争，他公开宣布自己的“秘密”，果然遭到一连串打击，最后遭到暴徒袭击，被捕入狱。

2 《破胆惊心》（*If He Hollers Let Him Go*）是美国黑人侦探小说家切斯特·海姆斯（Chester Himes）于1947年发表的小说。主人公因黑人的身份而每日生活在恐惧中。

一个美国黑人的意义何在，现在，我们得到的最有力、最著名的答复，毫无疑问，是理查德·赖特的《土生子》。这部小说出版时，人们普遍认为，如此痛苦、毫不妥协、令人震惊的一部小说，其存在本身，就证明了在一个自由的民主社会可以取得多大的进步；其无可置疑的成功，证明美国人现在能够毫无畏惧地直面那些可怕的事实。不幸的是，美国人都有这种非凡的炼金术能力，将所有苦涩的真实加工成无害的开胃甜点，将他们的道德冲突或对道德冲突的公共讨论变为骄傲的装饰，就如对待战场上的英雄主义一样。我们骄傲地认为，那样一部书以前不可能写出来，这是真的。今日，也不可能写出来。它已带有地标性质，因为比格尔和他的兄弟经历了另一次变形；他们已被棒球联赛和大学接受；他们已在美国荧幕上光鲜亮相。尽管如此，我们必将遇到一种无可争议的真实说法，必将遇到一个人，能够开始挑战这部最重要的小说。

用一种传统的美国方式，《土生子》讲述了一个普通年轻人与环境的力量抗争的故事。在美国关于胜败的寓言中，环境的力量扮演着重要的角色。在这部小说中，环境的力量除了来自贫穷，还来自肤色。肤色是一种不能改变的境况，正是在这种境况下，小说主人公为他的人生而战斗，最终功败垂成。表面上，这本小说能受到美国人的青睐是很了不起的；然而，即便它与多斯·帕索斯[1]、德莱塞[2]和斯坦贝克[3]等人的作品不相上下，但若狂热地拿来与陀思妥耶夫斯基的作品相比，还是相形见绌。从比较的视角来审视这部小说，其影响似乎也并非孤峰独起，相反，只不过是完全符合逻辑和不可避免的结果而已。

首先，我们不能将《土生子》和所处时代特定的社会气候隔离开来。20世纪20年代后期和整个30年代，产生了许多愤怒的作品，书写美国社会结构中的不平等。《土生子》是其中的后来者之一。它出版于1940年，即美国正式加入"二战"前一年，那时罗斯福新政刚结束，新政时期设立的公共事业振兴署才解散，人们对排队领面包、救济厨房和血腥的工业战仍然记忆犹新。在那个不期而至的艰难时代，我们不仅具有真正迷茫而绝望的理想主义——因为至少还有可以为之而战斗的某些东西，所以年轻人奔赴西班牙，殒命沙场——我们还具有真正迷茫的自我意识。在辉煌的20年代，黑人激情奔放，快乐朴实，而现在，像我们记忆犹新的许多事物一样，他们变成了我们中间最受压迫的少数群体。在全盘接受马

1　约翰·多斯·帕索斯（John Dos Passos，1896—1970），美国小说家。代表作《美国》三部曲。

2　西奥多·德莱塞（Theodore Dreiser，1871—1945），美国现代小说的先驱、现实主义作家。代表作《嘉莉妹妹》（1900）、《美国悲剧》（1925）。

3　约翰·斯坦贝克（John Steinbeck，1902—1968），20世纪美国作家。代表作《人鼠之间》（1937）、《愤怒的葡萄》（1939）。

克思的30年代，我们发现了工人，我应该颇为欣慰地意识到工人的目标和黑人的目标完全一致。现在看来，这种理论留下了太多可商榷之处，我们暂时搁置这个话题，但在当时，它变成“阶级斗争”的口号之一和新黑人的福音。

赖特正是新黑人最为雄辩的代言人。从一开始，赖特的作品就明显投身于社会斗争。抛开“艺术家与革命究竟是什么关系”这个大问题，人作为社会存在的现实，不是其唯一的现实，被迫只用社会术语来书写人的那种艺术家陷入困境。正如赖特一样，他必须主动出击，成为近一千三百万黑人的代表。这是一个错误的责任（因为作家不是国会议员），就其本质，也是不可完成的使命。这个不幸的牧羊人很快发现，不但没能喂饱饥饿的羊群，他还迷失了方向，找不到自己的食粮：他没有权利重新创造他自己的经历，他的负担重得可怕，他的听众数不胜数。而且，若加以审视，30年代那些好战的男女，无论他们可能多么痛苦地认为自己与先辈疏离，多么勇敢地为建立一个更美好的世界而奋斗，仍然并未真正从他们的前驱那里解放出来。无论他们如何讴歌苏联，无奈关于美好世界的观念仍然相当美国化，这种观念显露出想象的贫乏，对拙劣陈规的可疑依赖，以及一种无疑令人苦恼、不切实际的轻率。最终，黑人和工人的关系，不可能说一句“他们的目标一致”就完事，这句话也没有多大的启发。只有在他们都渴望更好的工作条件这层意义上，这句话才是真的；只有在他们要联合起来共同实现他们的目标这层意义上，这句话才有用。我们只能诚实地这样说。

在这种氛围中，赖特的声音开始被人听到。那场一度允诺塑造其作品、赋予其目的的斗争，用一种更加没有回报的愤怒将他的声音固定下来。除了记录他的愤怒岁月，他还记录了美国人谈到黑人时心中存有的幻想（这点是他之前的黑人从未做过的）：那种幻想出来的可怕的黑人形象，自从第一个奴隶倒在皮鞭之下，就一直与我们同在。这是《土生子》的意义，不幸的是，也是其巨大的局限。

《土生子》开始于一声闹铃，从比格尔和家人在芝加哥住的肮脏的廉租公寓里传来。公寓里老鼠成灾，靠垃圾为生，我们第一次遇到比格尔时，他正在捕杀老鼠。从尖锐的闹铃声开始，到律师马克斯离开死牢时比格尔那声虚弱的“再见”结束，我们可能认为，比格尔捕杀老鼠的行为是一个隐喻，整部小说是这个隐喻的延伸，只不过捕杀者成了被捕杀的对象。比格尔和他的处境在我们心中挥之不去。我认为，这本书的前提在开头几页就已表明：我们面对的是美国制造的一个魔鬼，通过被迫分享他的经历，我们将获得洞见，了解他的生活方式，对他可怕而必然的命运感到怜悯和恐惧。这是一个引人瞩目、潜力丰富的观念，如果赖特的处理更有穿透力，如果他放弃用社会学术语去救赎一个象征性的魔鬼，我们现在讨论的可能是一部完全不同的小说。

有人可能会抗议，赖特的意图恰恰是想把比格尔塑造成社会象征，揭示社会疾病，预言灾难将临。但是，我认为，应该仔细审视这个观点。比格尔与自身，与他自己的生活，与其他黑人，没有任何可见的关系；甚至与任何人都没有任何可见的关系——从这个意义上说他也许是最典型的美国人；他的力量不是来自作为一个社会（或反社会）单位的意义，而是来自作为一个神话化身的意义。值得注意的是，尽管我们步步追随他，从廉租公寓到死牢，但直到结束，我们依然如开始之时，对他知之甚少。更加值得注意的是，对我们所认为的创造了他的那种社会力量也几乎一无所知。尽管我们看到了贫民窟的生活细节，但我怀疑，任何想到过这个问题的人，如果不感情用事，哪怕是一闪念，就会认为这是小说最重要的前提。相反，他周围的那些黑人，他勤劳的母亲，他野心勃勃的妹妹，他的游泳池伙伴，他的女友蓓西，都可能被认为更加丰富、更加细腻、更加准确地证明黑人在我们的社会中如何受到控制，证明他们为了生存如何摸索出成熟的技巧。但是，作者让我们局限于比格尔看待他们的眼光，这是作者故意设计的一部分（如果作者没有让我们也局限于比格尔的认知，这种设计可能算不上灾难性的）。这对于小说来说，意味着一个必要的维度被去掉；这个维度就是黑人之间的相互关系，这种深度的参与和对共同经历不成文的认同，承认了一种生活方式。这部小说反映的——并不是对它的解读——是黑人在他自己群体里的孤立，是不耐烦的蔑视带来的愤怒。这构成小说混乱的氛围，制造出无缘无故、无法理解的灾难。这种氛围是绝大多数黑人抗议小说的共同点。正是这种氛围，让我们所有人都相信，黑人生活中没有传统，没有礼仪，没有仪式和交流的可能，他们不像犹太人一样，离开父母的家后，继续保持密切关系。但事实是，并非黑人没有传统，而是还没有足够深刻和强烈的感觉将这种传统表达出来。毕竟，传统表达的不过是一个民族漫长而痛苦的经验；传统来自一个民族为了维护其完整而发起的战争，或者更简单地说，来自他们为了生存的斗争。讲到犹太传统，我们讲的是他们上千年的流亡和迫害，讲的是他们的忍耐力，讲的是他们的感受力，我们能感受到道德胜利的巨大可能性。

黑人如何生活，他们如何长时间受苦，这种感受我们不知道，部分原因是黑人在公共生活领域取得飞速进步。这种进步非常复杂，令人眼花缭乱、迷惑不解，黑人不敢停下来思考落在他身后的黑暗。另一部分原因是美国人的心理，为了能够理解或使之能够接受，美国人的心理必须经历一次变形，一次深刻到难以想象的变形，毫无疑问，我们将抵制这种变形，直到还未到来的艰难时代迫使我们接受自己的身份。在此期间，比格尔和他所有愤怒的亲人所起的作用，只是刺激这个国家哗众取宠的欲望，巩固我们现在认为有必要相信的一切。我们害怕的不是比格尔，他的存在反而肯定地表明我们获得了胜利。令我们不安的，是其他人，他们脸上带着微笑，他们去教堂做礼拜，他们不会无故抱怨。我们有时候想到他们，会带着愉悦，带着怜悯，甚至带着感情。在他们的脸上，我们有时候吃惊地发现有一丝傲慢和仇恨，有淡淡的、内向的、若有所思的、轻蔑的阴影。我们劝诱他们，威胁他们，奉承他们，惧怕他们。我们对他们一无所知，但他们对我们了如指掌（对此，我们既感到宽慰，又感到敌意和无尽的困惑）。正是出于我们对那些伐木工和打水人的反应，我们创造出了比格尔的形象。

正是这种鲜活的形象，我们的善行始终在努力躲避；正是这种形象，使得我们所有善行成为难以忍受的笑柄。这个“黑鬼”或黑人，愚昧，野蛮，正如我们心怀内疚一样满怀仇恨，不能一笔勾销。当我们给女仆薪水时，他站在我们身后；当我们竭力与黑人“知识分子”交流时，我们担心握住他的手；当为刚去世的黑人领袖纪念碑揭幕时，可以说，我们闻到他的汗臭。当他走过我们的街头时，每代人都在他身后大叫“黑鬼”；我们宁愿自己的姐妹终身不嫁，也不要嫁给他；每当我们提到我们女人的“纯洁”、我们家园的“神圣”、我们“美国”的理想，他就被驱逐到外面无边无际、呜咽的黑暗中。而且，他知道这点。事实上，他就是“土生子”：他是“黑鬼”。让我们此刻停止追问他是否真正存在，因为我们相信他存在。每当遇到切实出现在我们中的他，我们的信仰就变得完善，我们带着神秘而邪恶的狂喜，执行对他那必要的血腥结局的处决。

但是，在那些被罚入黑暗地狱的人中，有着互补的信仰，那就是，他们要搜集石块，供走在光明中的人砸他们。或者说，在令人无法容忍的堕落之人中，有着反常的强大欲望，强迫他们把被指控的那些疯狂的罪行带入现实的舞台，将噩梦变成现实，完成他们的报复和毁灭。美国黑人的形象也活在黑人的心里；当他屈从于这个形象，生活就没有其他可能的现实。因此，他就与整天进行生死之战的白人敌人一样，除了坚持自己的身份之外别无他法。这就是为什么比格尔谋杀了玛丽，却被称为“创造行为”；为什么谋杀完成，他第一次觉得自己以一个人应有的方式充实而深刻地活着。我认为，每一个生活在美国的黑人，都感觉到了这种简单的、赤裸的、没有应答的仇恨，无论这种感觉的时间有多长、有多痛，程度多么不同，效果多么不一样；没有一个生活在美国的黑人，不想打烂一天之中他可能碰到的白人的脸，不想出于最残忍的报复的动机，蹂躏他们的女人，打碎他们的身体，让他们卑微如尘，就像他自己那样，一直遭人践踏，如尘埃般低贱。最终，每一个生活在美国的黑人，都必须做出危险的调整，以顺应周围的“黑鬼”和他自身的“黑鬼”。

但是，这种调整必须得做——毋宁说，只要矛盾存在，就必须努力做——因为没有这种调整，他就放弃了作为黑人与生俱来的权利，放弃了作为人与生俱来的权利。如此一来，整个世界全是他的敌人，他的敌人不仅是拿着绳索和枪支的白人，就连他那些分布广泛的可鄙的亲属也是他的敌人。他们的黑色就是他的堕落；正是他们愚蠢的、被动的忍耐，才使他落得不可避免的结局。

比格尔梦想着一个黑人可以把所有的黑人聚合成强大的拳头。比格尔觉得，他的家人们之所以必须这样生活，正是因为他们中无人做过任何重要的事情，无论是好事还是坏事。只有他，通过谋杀，烧穿了地牢。他表明，他活着，他遭鄙视的血液滋养了他作为人的激情。他强迫压迫者看到压迫的结果。他的家人和朋友到死牢来探访时，他觉得他们不应该流泪或被吓到；觉得他们应该感到开心，为他敢于以杀人和即将到来的自毁来补偿他们的愤怒、屈辱而感到骄傲；觉得他把自己充满激情的生死之灯投进了他们沉闷而无名的生活。因此，他们可能记住比格尔——正如我们可以下结论，他是为他们而死。但他们没有感觉到这点：他们只知道，他杀了两个女人，促成了被恐惧支配的情境；他们只知道，他即将被处以电刑。所以，他们哭泣，真心害怕，对此，比格尔看不起他们，希望彻底“忘掉”他们。对于他的处境和心理的描写，失败之处在于对比格尔作为黑人的现实之一或作为黑人的角色之一缺乏任何洞见，从而使他的处境显得虚假，心理缺乏变化。这种失败是前面已经指出的失败的一部分，即没有表现出黑人生活作为连续的、复杂的群体现实的意义。因此，比格尔既不是反映社会疾病的一面镜子——他本来也没有社会可以反映，在更崇高的意义上，他也拒绝成为基督的象征。他的亲人哭泣、害怕甚至恐惧是完全有道理的：因为他死亡的诱因，不是对于他们或他自己的爱，而是他对别人和对自我的仇恨；他没有补偿一个受鄙视的民族的苦难，而是恰恰相反，展示了自己生为其中一员的惨痛。在这层意义上，他也是“土生子”，他的进步取决于拉开自己与拍卖台及其意味着的一切之间距离的速度。假如看透了这个现象，内心的爱恨争斗、黑白争斗，会给他一个更接近于人的地位，一个更接近于悲剧的结局；也会给我们一份更多深沉真挚之痛苦、更少刺耳之愤怒的文献，而不是一方面展示出来，另一方面又被否认的愤怒。

《土生子》连篇累牍地纠缠于美国黑人生活的形象，纠缠于美国人必须找到希望之光，忘了追求自己的初心。

这就是为什么比格尔最后必须被救赎，即使只是说得好听，也要被接纳进那个我们执着地秉持幸福生活理想的幻影社会中去。正是具有社会意识的白人接纳了他——黑人做不到那样的客观；作为例证，我们看到这令人失望的一幕，玛丽的情人基恩原谅比格尔杀了玛丽；我们看到比格尔的律师马克斯面对陪审团为他做了冗长的辩护，这明显是小说的败笔。马克斯的辩护是小说真正的结尾，这是美国小说中最绝望的表演之一。至关重要的是比格尔的人性问题，是他与别的美国人——其实是暗指与所有人——的关系问题。正是这个问题，使马克斯的辩护不能澄清；事实上，关于这个问题，马克斯的辩护不能自圆其说。比格尔是美国制造的怪兽，是世代压迫的可怕总和。但是，说他是怪兽，就落入了把他变成次等人的圈套；因此，他必须被当作一个代表，象征真正的人的生活方式，与我们眼里邪恶而陌生的生活方式保持恰当的间距。在我看来，这种观念隐含了一个最明显的承认，即黑人生活实际上正如我们的神学所宣扬的那样，堕落而贫瘠；而且还承认，赖特利用这种观念，只能来自这个并非完全没有道理的臆断，即尽可能逃避一切真实经验的美国人，没有办法判断其他人的经验，没有办法建立自己与其他生活方式的联系。黑人生活或隐秘或无名的状态，使得那种生活在我们的想象中可以产生出任何东西；因此，比格尔是邪恶的，这种观念可以呈现出来，不用担心自相矛盾，因为没有美国人具备知识或权威来进行反驳，没有黑人会提出异议。正是这种观念，在《土生子》的框架内，随着这种可能性而抬高了身价。这种可能性是这种观念提供的，即把比格尔塑造成灾难的预言者，塑造成即将到来的更加艰难的时世的危险信号；到时，不只是比格尔，他所有的同胞都将站起来，以千千万万被烧死的、淹死的、吊死的、折磨死的逝者的名义，要求他们正当复仇。

但是，在我看来，以这种方式利用这个国家的天真，并不十分公平。把比格尔看成一个警告，这种观念其实是搬起石头砸自己的脚，不仅因为它完全超出了美国黑人采取手段对国家进行报复的可能性的限度，而且因为看不出他们有任何想这样做的念头。《土生子》没有传递美国黑人处境中十分蒙昧的自相矛盾之处，我们满怀希望而浮光掠影地考察的社会现实，只是一个影子。这种社会现实不只是压迫者与被压迫者的关系，主人与奴隶的关系，也不只是由仇恨引起，它还是一种真正意义上的、道德上的血缘关系，或许是美国经验中最深刻的现实。只有承认它包含了许多爱的力量、痛苦和恐惧，我们才能表露这种现实。

美国黑人是美国人，他们的命运是美国的命运。除了在这片大地上的经验，他们没有其他经验；这种经验不能拒绝，需要拥抱。如果正如我相信的那样，每个美国黑人脑子里都装着一个隐秘的比格尔，那么，这里未得到阐明的最明显的一点，就是黑人一直在做的充满悖论的适应，黑人被迫承认这个事实——这个黑皮肤的、危险的、没有人爱的陌生人永远是他自我的一部分。无论如何，只有这种承认才能使他自由；正是这种必要的能力,包含甚至利用（这里使用的是该词最值得尊重的含义）黑人的能力，才为黑人生活注入了强烈的反讽元素，引起最富有善意的美国批评家在试图理解他们的同时，犯下如此令人高兴的错误。把比格尔作为一种警告，只会加深美国人对他的负罪感和恐惧。最有力的做法，是将他限制在前文提及的社会舞台上，在那里，他不能算是一个人。当然，最简单的做法，是把他处死，因为他始终是一个警告,代表我们不得不拒斥的邪恶、罪孽和苦难。对在法庭上参加审判这个异教徒的人说，他有今日是他们的责任，他是他们的创造，他的罪行就是他们的罪行，因此应该放他一条生路，让他在监狱的高墙后面清晰地表达自己存在的意义——这样说没有用。他存在的意义已经充分表达，大家都不希望，特别是不希望以民主的名义再去追问；至于清晰表达的可能性，我们最害怕就是这种可能性。而且，法庭、法官、陪审团、目击证人和观众都立刻认识到，比格尔是他们造成的，他们认识到这点，不仅带着仇恨、恐惧、内疚，以及自以为是产生的愤怒，而且带着病态的骄傲，混杂着恐惧——当一个人认识到自己邪恶的程度和力量之后产生的恐惧。他们知道，死亡是他的宿命，他奔向死亡；他从黑暗中来，在黑暗中生活，每当他站起来，就必然被放逐，否则整个世界将被吞噬。最终，他们知道，他们不希望原谅他，他也不希望得到原谅；带着对他们的仇恨，对他们的鄙视——鄙视他们不敢诉求他没有听见的不可恢复的人性——他走向死亡；他想死，因为他为自己的仇恨而自豪，宁愿像魔鬼路西法，在地狱中称王，也不在天国为奴。

只要记住比格尔的人生前提，黑色是诅咒之色，就能理解死亡是他在小说中唯一可能的结局。只有死亡才给他一种尊严，甚至一种美，无论那是多么恐怖的美。讲述这个“黑鬼”的故事，哪怕只是一个方面，就将不可避免地全面牵涉到生命和传说，牵涉到生命和传说如何一直戴着对方的面具，创造出一种稠密、多面、多变的现实。这就是我们生活的世界，我们创造的世界。讲述比格尔的故事，就是开始把我们从他的形象中解放出来，就是第一次赋予这个幽灵血肉，通过我们对他的理解，对他与我们之间关系的理解，加深我们对自己的理解，对所有人的理解。

但这不是《土生子》讲述的故事，因为在这部小说中，我们只是在愤怒中重复讲述着引以为傲的故事。至于这种愤怒的意义何在，我们不得而知，也永远不会面对骄傲所具有的实际或潜在意义。这就是为什么我们有积极的认同光芒，却依然对马克斯令人悲痛的长篇总结陈词无动于衷。他的话针对的是我们中怀有善意的人，似乎是在说，尽管我们中间有相互仇视的黑人和白人，但我们不会相互仇视；尽管我们中间有人会因贪婪、罪恶、嗜血而走入歧途，但我们不会走入歧途；我们会直面他们，我们会携手走入没有黑人和白人之分的灿烂未来。这是所有自由主义者的梦想，并非不光彩，但它只是梦想。因为，尽管我们可以在这座山上携手，但战斗在别处。战斗离我们很远，它在炽热恐怖的痛苦生活中进行：在那里，我们所有人都会因贪婪、罪恶、嗜血而走入歧途；在那里，没有一个人的手会干净。我们的善意——我们期待从中获得改变我们的力量——是稀薄的、冷漠的、刺耳的：如果加以审视，可以看到，它的根将我们引回到祖先那里，正是他们认为，黑人要成为真正的人，要为人所接受，必须首先变得像我们一样。这种观念一旦被接受，美国黑人就只会默许抹杀自己的人格，扭曲和贬抑自己的经验，屈从于将个人简化到无名状态的力量，那些力量每天都在这个日渐黑暗的世界中涌现。

## **卡门·琼斯：**黑暗是足够的光明

可以说，好莱坞有一种神奇的魔力，能同时挤牛奶和羊奶，然后当作姜汁汽水兜售。这种神奇制造的产品中，最醒目的莫过于1955年上映的音乐电影《卡门·琼斯》（下文简称《卡门》）。在好莱坞，不道德和邪恶（在好莱坞的词典里两者是同义词）总是逼真地受到惩罚，尽管吸引我们紧贴在座位上观影的，正是不道德或邪恶之人也许残酷但并非不吸引人的所作所为，也正是他（或她）引起我们全部的同情。同样，在电影《卡门》里，不道德的吉卜赛女郎和不道德的黑人女孩间暗含的相似性是整部电影的根本思想。与此同时，想想看，自《一个国家的诞生》[1]

1 《一个国家的诞生》（*The Birth of a Nation*）于1915年在美国上映，是世界电影史上首部真正意义上的商业电影，讲述了美国南北方黑人与"三K党"的两个家族在内战前后的命运冲突的故事。

以来，电影总能洗刷黑人不道德的暗示，这一点很重要，因为考虑到在国民心理中的黑人角色，要做到这一点，只有通过否认黑人不是白人的所有暗示。像《卡门》这样的故事，由黑人团队来演绎似乎是不可能的任务，但二十世纪福克斯电影公司做到了。另一大成功之处是，片方没有改变故事的实质，换句话说，《卡门》讲的确实还是不道德者的故事：卡门是个坏女人，只不过是一个黑人角色。

这部奇特的电影能够拍摄出来，当然首先是因为《卡门》是“经典”或“艺术作品”，或者说是神圣不可侵犯，且幸运地拥有相当长的历史的经典艺术；指责梅里美[1]和比才[2]心灵肮脏，实属荒唐愚昧，正如不可能指责他们是反黑主义者一样（诚然有可能指责他们对吉卜赛人知之甚少，漠不关心）。其次，电影音乐起了作用，可以肯定地说，再没有电影音乐比这部电影里的听上去更单调，唱出来更难听，或者说与生活、与每个人的生活更无关。最后，台词也以特殊方式起了作用，它们淡而无味，庸俗不堪，虽说不上特别离谱，但至少在某种意义上难以称得上是黑人的台词。总之，电影《卡门》缺乏生气，脱离现实，其总体氛围只是偶尔受到珀尔·贝利的挑战。

1　普罗斯佩·梅里美（Prosper Mérimée，1803—1870），法国现实主义作家、剧作家、历史学家。《卡门》为其于1845年创作的中篇小说。

2　乔治·比才（Georges Bizet，1838—1875），法国作曲家。1874年他将梅里美所作《卡门》改编为同名歌剧，后成为世上上演率最高的一部歌剧。

但是，导演奥托·普雷明格先生先发制人，限制了贝利小姐的发挥，让她穿上似乎专为抹杀其人性而设计的丑陋服饰。虽然贝利小姐心怀厌憎，依然完美地演绎了单曲《在鼓上敲出那个节奏》，但在其他部分，按照导演的安排，她的台词总带着好笑得要命的蔑视，我们难免怀疑，她在评论这部电影。偶尔有那么片刻，她会摆脱电影死气沉沉的氛围。在贝利小姐身上，我们可以瞥见，她的想象力或许能将这部电影炸裂成为值得看的东西。

但是，比起我看过的任何电影，《卡门》没有提供任何想象，它缺乏想象的胆量。比如，扮演卡门的多萝西·丹德里奇，其"性感"明显做作，尤其是和贝利小姐演对手戏时，显得更加傻乎乎。[1] 我们希望扮演卡门的是贝利小姐。每当有此想法时，我们知道，在这部《卡门》的背后，好莱坞还有一部刻意没有拍出的《卡门》。因为，尽管将比才歌剧中不道德的吉卜赛女郎和今日底层的黑人女性相提并论固然有趣，但将比才歌剧中的暴力和今日黑人贫民窟里的暴力相提并论就远没有那么有趣了。

1　我只挑出贝利小姐来说，因为她正直幽默、真实可信，在我看来，她的品质反衬出电影《卡门》在这些品质或者说一切优秀品质上的缺失。她是我唯一多少熟悉其作品的演员。但是，即便是她，也完全被《卡门》的奇特需要缚住手脚，不得自由发挥。因此，我想声明，在讨论剧组其他演员时，我并不是要判断他们的专业能力；考虑到在这部电影中他们甚至没有用自己的声音演唱，若是据此判断他们的专业能力，则太不公平。（原文注）

为了避免这一点，也就是说，将卡门作为一个棕黑色皮肤的坏女人加以利用，但是避免暗示今日的卡门或许具备任何动机，剧本把白人排斥在外，这是有帮助的。可以说，这等于把剧情封闭在真空之中，其中肤色的景观不会有任何危险。因此，肤色本身变成了真空，每个观众可以填充自己的想象。但《卡门》并不是处于《暴风雨》[1]或《月宫宝盒》[2]等虚假但极具娱乐性的电影里制造的乌有之地，在那里我们至少还可以听听电影音乐；《卡门》进入的是最高的平流层或电离层，更加有趣，也更加有害。电影里面，甚至黑人话语都在夸张的表演之下失去了魅力，或者不妨说，获得了自由却失去了力量和精准。结果，并不是里面的人物没有各自的特色，当然这也很糟糕，但更糟糕的是他们虚假得可笑，就像南北战争前的黑人模仿主人。这也是他们看起来的样子，尤其是穿着的样子，让人在脑海中立刻冒出一个词来形容那些色彩鲜艳的套装——一个军营，一间房子，芝加哥南区的一条街道，可想而知，比格尔·托马斯肯定认不出来——“一尘不染的”。如果我们决心证明黑人像白人一样“干净”或“摩登”，我们可以轻易将他们臆想出

1 《暴风雨》(*Stormy Weather*) 是 1943 年上映的美国浪漫音乐喜剧，讲述了 20 世纪初两位非洲裔美国艺人——一位有抱负的舞者和一位流行女歌手——之间的故事。

2 《月宫宝盒》(*Cabin in the Sky*) 是 1943 年上映的美国音乐喜剧，讲述一个嗜赌成性的黑人在一次枪击中死亡，但他获得了改过自新的机会。

来。我认为，某种程度上，那恰是他们被臆想出来的方式。

我们要时刻切记，观看的是一出歌剧（歌剧这个语词在导演的心目中明显与悲剧和奇幻同义）。《卡门》的氛围很压抑，原因有两方面：一方面是因为好莱坞改编“艺术作品”时常用的态度——空洞的崇高和严肃；另一方面是好莱坞表现黑人时常用的态度——真正令人绝望的傲慢。我们观看的是黑人演绎的《卡门》，这成了解释他们为什么空虚荒诞的理由，完全脱离了对黑人现实生活的指涉。然而，这部电影不可避免地严重依赖于对黑人惯常居所的远离，依赖于故事的突变（更别说依赖于意象了，这点我们后面再议），因此在观影时，观众有必要记住三个完全不同的前提：（1）这是歌剧，与当下无关，因此真的与黑人也没有任何关系；（2）黑人特有的激情、迷人的温情（电影中丝毫没有温情的痕迹）造就了《卡门》，成为他们进入艺术领域的理想载体；（3）他们是杰出的黑人，是作为美国人，像你我一样的美国人，演绎底层的黑人，他们对底层的黑人也非常喜爱，这种情感或许被这个事实证明，在决绝地用“非人化”代替“人性”之前，每个人似乎都经历了一次小小的扼杀。

电影实际上是系列的影像；在电影中看到的东西，可以作为钥匙，打开电影实际要说的话语，尽管对白不乏含糊或误导。《卡门》最明显的特征，无疑也是最具自我意识之处，就是将性别和肤色问题结合，这是好莱坞此前尚未探讨的空间（可以肯定《卡门》不是这方面最后的电影）。从这个角度来说，《卡门》中肤色这个工具非常重要。扮演卡门的多萝西·丹德里奇是有着太妃糖肤色的女孩，穿着艳丽，但是相较于艳丽，其实用甜美形容更为合适。我们难免觉得，或许我们本就应该觉得，她在生活里是一个很好的女孩，只是在电影里演了坏女孩的角色而已。尤其因为她是有色女孩，她身上散发出的自然光彩肯定弥补了尽管她明显努力在表演但依然缺少的那种光彩。哈里·贝拉方特饰演男主角唐·何塞（即电影里的乔伊），他的肤色比她稍黑，尽管很英俊，但面无表情。他和丹德里奇演对手戏，本来就是难以忍受的角色，他演绎得也十分糟糕，招人反感。奥尔加·詹姆斯饰演何塞的未婚妻米凯拉（即电影里的辛迪·劳），她的肤色比丹德里奇更淡，演得也更加平淡，在整部电影中，她像被迫低头哭着走完场。乔·亚当斯饰演埃斯卡米洛（即电影里的拳王赫斯基·米勒），他的肤色更像太妃糖色，但由于他是男二号，又是坏人，不允许像男一号贝拉方特一样面无表情，因此，只有他身上还有一些男人或至少是男孩力量的迹象。至于其他演员，贝利小姐的皮肤很黑，所以她扮演了荡妇。那个千方百计要害卡门的邪恶中士（因为他，乔伊逃离了军营，这是电影中不可思议的场景之一），肤色特别黑；米勒的教练的肤色也很黑，我们会以为，他是贝利小姐的干爹。十分清楚，这些人和卡门、乔伊或辛迪不是生活在同一个世界。三个主角都被刻画成非常复杂的悲剧人物，他们不是为了金钱或宝石，而是为了追求别的东西；因为这种追求，他们被周围更加庸常的人误解。当然，这种东西就是爱；正是为了处理这个爱情故事，电影《卡门》下了血本。

的确，在比才的歌剧《卡门》中，没有一个人有非常明显的行为动机，尤其是卡门和她的情人；但在歌剧里，这不重要，因为借助一点纯属夸张的刺激、一种虚假的暴力，以及性感热烈但终究不可信的女主角，歌剧就可勉强自圆其说。电影《卡门》没有处理任何这方面的动机，因为在这里，刺激或暴力只会将这部电影炸成碎片，尽管片中肯定暗示，卡门是好色的荡妇，但是，当问及她在哪方面发现男人有魅力的时候，影片却选择了更不确定的理由，无论如何，这构不成动机。因此，卡门一下子被剥夺了她虚假的活力、她的一致性，这反而使她成了好女孩，哪怕有点儿脾气。她最大的错误（因为这是悲剧，也是她的胜利）在于她看向了“生活”，正如她在最后的咏叹调中唱道，在于“直视人生”。作为性的替代，片商臆想出一个邪恶的守护神，长着象征黄道宫的秃鹫的翅膀，玩着算命纸牌，这样一来，似乎卡门毁灭乔伊是因为她爱他；她决定离开他，是因为算命纸牌告诉她，她马上要死了。在她决定离开乔伊的那一刻和她杀死乔伊的那一刻之间，她换了一身新衣服，喝了一些酒——正如她的一曲咏叹调强烈地暗示了她有此意图——大量香槟只是她内心强烈痛苦的表现。

离开拍卖台后，卡门走了一条漫漫长路，当然，乔伊不可能远远落在她身后。乔伊是一个帅气的好男孩，他爱母亲，学习努力，即将被送往飞行学院；他与一个名叫辛迪的女孩订了婚，辛迪的长相很像他的母亲。每个见到卡门的男子，都会带着世上未有的情欲颤抖，但乔伊对卡门非常冷淡，这点燃了卡门的激情。在一系列场景中（毋须赘言，这些场景很幼稚，也难以称得上色情），她追求乔伊，最终乔伊屈从于诱惑。在这里，因为乔伊的人生将毁、厄运将临，电影的氛围很压抑，但为了追求最大化的色情效果，丹德里奇和贝拉方特这两个演员的着装依然华丽。但是，这是令人不安的色情呈现，没有实际的价值，因为就像是两个真空的时装模特，他们显然没有做任何正事，只是为了让消费者竞相掏钱。在电影《卡门》里，我们没有看到温柔或爱情，我们肯定也没有看到致死或重生的复杂而灼人的情欲，我们只看到对温柔、爱情或情欲所做的胆怯而庸俗的扭曲。

必须指出，导致这种扭曲的一个原因，是黑人男性身上仍然有一种品质，片方不知道如何处理，尽管他们喜欢让丹德里奇小姐穿着紧身裙和低胸领——但也根本算不上色情——动作夸张地表演。结果，贝拉方特先生不被允许做任何事情，除了像猎犬一样四处活动：可以说他的性活动是定量配给，在丹德里奇小姐想要他的时候。其他时间他的性活动就不存在，他不是被自己的性侵略摧毁——他不被允许有性侵略性，而是被丹德里奇小姐的性侵略摧毁；或者说正如事后证明，甚至不是毁于这个女孩的性侵略，而是毁于烟草[1]。最终，电影《卡门》比起别的东西（比如拉娜·特纳[2]的跑车）更为色情，唯一的原因是《卡门》把黑人的身体置于镜头之前，在公众的心目中，黑人与性相连。因为在肤色更浅的种族看来，肤色更深的种族似乎有一圈性的光环，这样的看法本身并不令人不安。令人不安的是，这部电影留给人们关于美国人如何看待性的猜测。

选择谈论《卡门》这部电影，除了电影本身的缘故，它还是好莱坞制作的最重要的全班底黑人演员电影之一。这部电影最重要的一点是，它留在我们心里的疑问与其说与黑人有关，不如说与美国人的内心生活有关。的确，人们想知道，是否真的像这部电影努力证明的那样，黑人会变成那种微不足道的人。但是，因为他们一直以来都战胜了为他们定制的更骇人的公共形象，这鼓励人们希望，为了他们的利益，为了美国的利益，他们将继续

1 卡门为烟厂女工，实际从事走私生意。她引诱何塞，致使他被军队开除，又诱使他与自己一同走私犯罪。

2 拉娜·特纳（Lana Turner，1920—1995），美国影视女演员，因饰演性感恶毒的角色而出名。代表作《邮差总按两次铃》（1946）。

证明自己的不可救药。更何况，生活不会产生像这样微不足道的人：当人变成如此虚无的人，他们不再是微不足道的人，而是魔鬼。但是，能制造出这样微不足道的人，证明美国人还远非虚无；相反，他们非常不安。这种不安不是可以靠做好事就能缓解的外在不安，而是似乎向内转化，表现出变得个人化的种种迹象。这是可能发生的最好的事情之一。除了其他许多的意义，不妨这样理解，现在，我们可以期待，像电影《卡门》这种奇怪的酿造，其发酵的结果是产生一种在味蕾上更苦涩，但在胃里更甜蜜的东西。

# 第二部分

## 哈莱姆贫民窟

至少以风貌而言，哈莱姆在我父母的时代或我的时代很少改变。现在还是和过去一样,老旧的建筑急需维修,拥挤的街道肮脏不堪，每个街区都人满为患。这里的房租比别的区域要高百分之十到百分之五十八；食品到处都贵，但这里更贵，品质更低。战争结束了，钱越来越少，衣服挑挑拣拣，最后还是舍弃不买。黑人一向都是最后才找到工作,却最先被炒鱿鱼。现在工作越来越难找,物价日益攀升，薪水却在跌跌不休。整个哈莱姆都有着同样痛苦的期待，就像小时候等待冬天的心情：既盼望冬天来临，然而冬天的严寒，我们又无力应对。

整个哈莱姆弥漫着充血的感觉，如同你想在门窗紧闭的小屋子里呼吸，大脑里会接连传来令人疯狂的、会导致幽闭恐惧症的重击声。然而，白人走过哈莱姆时，根本不可能发现这里比其他地区的贫民窟更险恶或更悲惨。

对于漫不经心的白人观察者来说，哈莱姆有着一张漫不经心的面孔；没有人注意到——考虑到黑人的历史和涌现出的关于他们的种种传说，更别说一直站在街角时刻警惕的警察——这张面孔事实上过于漫不经心，可能并不像表面上那样坦荡。如果有中等程度以上的暴力发生，正如在1935年或1943年发生的那样，人们就会看见这张面孔上的痛苦、惊奇和愤怒。城里别的地方对哈莱姆的社会敌意就靠这种暴力的喂养，证明自己历来正确。社会敌意在增加；人们发表演说，成立委员会，接着开始调查。人们采取矫正措施，但是，并没有扩大或铲除哈莱姆。人们的想法是与其把它当成社会赘疣，不如当成是为麻风病人整容。因此，在西134街设立了少年俱乐部，在西131街和第五大道交汇处建了运动场；因为不准黑人住在施托伊弗桑特城[1]，大都会人寿保险公司想得很周到，就在哈莱姆中心地带开发了名叫里弗顿的住宅项目。然而，除了一部分职业阶层的黑人，鲜少其他黑人可能付得起该区的房租。

在这些改良方案中，大多数的推手都是不断战斗的黑人领袖或者黑人媒体。关于黑人领袖，往好里说，他

1 施托伊弗桑特城为纽约曼哈顿的大型住宅小区。

们身处非常不易的位置，少数人出于真正的关怀，用受伤的尊严维持住自己的地位。任何熟悉哈莱姆情况的人，都不可能真的认为，有了一个运动场，对哈莱姆居民的心理能有多深刻的影响。但有运动场总是好事,聊胜于无；至少，大人的生活可以稍微轻松点儿，他们知道，自家孩子在运动场上出车祸的概率总比街头小。同样，尽管美国提倡文化崇拜，改良运动的主要战果只是帮了《读者文摘》和《每日新闻》的忙，扩大了其销路。但有文化总比没文化强，所以黑人领袖呼吁，必须为黑人提供更多的优质学校。然而,即使真有黑人把学校教育当回事，他也会发现，毕业后在这个民主社会还是没有生活能力。所有这些改良活动最好的效果可能是，黑人获得了保证，没有完全遭到遗忘：无论多么不抱希望，或者可能抱着不切实际的希望，人们都在为了改善黑人生活而行动；只要水被搅动，就不可能变成死水。

身为黑人领袖的可怕之处恰在于这个称号本身。我不只是指这个称号暗示了居高临下的距离感，更多的是指这样一个人，同样的环境把他造就成领袖，又把他打倒,在这过程中可能会体验到无比繁复的折磨。也就是说，美国舞台造就了黑人领袖，随后时刻要为难他们；结果，他们所能期望的最好的结果是辞职不干，不断抱怨当政的美国领袖和自己族群的成员，直到糟糕的局势变本加厉，积重难返，就像用针挑水疱，直到它破裂。我们也不由自主地注意到，有些黑人领袖和政客关心自己的前途胜过黑人的利益，他们吹嘘的战斗是与风的战斗。再次，只要美国舞台不变，这种现象就不会改变。在一个据说任何公民都能当总统的国度，黑人若能跻身议会，就该谢天谢地。

任何黑人只要有了名气，黑人媒体就会支持他。不过，一些黑人小说家是例外，他们塑造了有损黑人的形象，所以受到指责。多年来，黑人媒体受到各种批评，因为总是无助地宣称自己坚守初心，换言之，做致力于报道黑人事务的媒体。鉴于美国白人媒体对黑人的巨大冷漠和常见敌意，人们或许能够谅解黑人媒体专注于黑人事务。但是，有人指责黑人媒体对黑人事务没有多大帮助。的确没有多大帮助，我也不明白它怎么可能有多大帮助。有人指责黑人媒体专门报道耸人听闻的新闻，这是事实，但这种批评难以当真，因为我们生活的国度热衷于耸人听闻的新闻。

我认为，哈莱姆最畅销的黑人媒体是《阿姆斯特丹星周报》。这也是办得最差的黑人报纸，它津津乐道于谋杀、强奸、捉奸和种族战争，每条新闻无论多么没有意义，都是关于著名黑人的，无论当周有什么黑人种族的好消息可以报道，全都要排在丑闻之后。显然，这种丑闻优先的办报宗旨很有效——报纸有销量，这才是王道；反正我小时候，每期必看。报纸发行日，老远就可以听到街上的报贩子高叫着最近发生的丑闻，读者争相奔去买来一睹为快。

近几年,《阿姆斯特丹星周报》的对手是《民声报》。《民声报》模仿首相头衔的英文缩写“PM[1]”，英文报名也缩写为“PV[2]”。尽管报道的内容几乎相同（黑人媒体新闻报道的范围自然相当有限），但《民声报》的名头没有《阿姆斯特丹星周报》响亮。《民声报》的政治立场更为清晰，属于中左派（《阿姆斯特丹星周报》是共和党报纸,这种政治依附关系导致它的言论满是奇怪的鬼话）。从创办之日起,《民声报》就有更强烈的战斗精神，刊登了许多警告、请愿和写给政府的公开信——当然没有人会因政府从来不回应而感到奇怪——对于黑人名流及其所作所为，它也同样有着堪称病态的关注。《民声报》上有莱娜·霍恩[3]和保罗·罗伯逊[4]的专栏，几周前，他们才与这份报纸断了关系。霍恩小姐的专栏文章，口吻听起来像满腹牢骚的埃莉诺·罗斯福[5]；罗伯逊的专栏文章，

1 “Prime Minister”的缩写。

2 “People's Voice”的缩写。

3 莱娜·霍恩（Lena Horne，1917—2010），第一位与好莱坞签订长期合同的黑人女演员。

4 保罗·罗伯逊（Paul Robeson，1898—1976），著名的黑人歌王，也是20世纪最伟大的男低音歌手之一。

5 埃莉诺·罗斯福（Anna Eleanor Roosevelt，1884—1962），美国第32任总统富兰克林·罗斯福的妻子，提倡人权并保护穷人，积极倡导各种社会活动。

我只读过一篇，写的是当下好莱坞的政治迫害，讨论哪类电影受到攻击、好莱坞历来如何对待黑人。让我心痛的是，罗伯逊这样一个有天赋和有能力的人，怎么就被痛苦蒙住了眼睛，怎么就完全不理解一般政治权力特别是共产主义目标的性质，结果错失了值得深思的批判靶心：非美活动[1]的方式有许多种，有些方式几乎与这个国家一样古老；比起在可能同样浪漫但远未那么成功的电影《保卫莱茵河》的画面中，众议院非美活动调查委员会在电影《乱世佳人》的画面中，或许能找到对美国生活更有害的观念和态度。

在黑人媒体领域，其他在哈莱姆销量不错的报纸还有《信使报》（这份匹兹堡发行的报纸声名远扬）和《非裔美国人报》（这份报纸在版式和字体上都模仿纽约的《美国人报》，似乎一直在追求可读性、思想性和批判性，可惜未能兼备）。《信使报》的目标客户是上流阶层黑人，以报道上流阶层黑人的新闻而知名，上面有乔治·S. 斯凯勒[2]的专栏。尽管斯凯勒奥林匹亚诸神式的超然令我恼火，但必须承认，他准确地反映了富裕的黑人职业人士的心态和抱负，这些人急于在美国社会立足。斯凯勒先生写了一部讽刺小说《不再是黑人》，我至今没有读过。

1　指所谓违反美国利益的活动。

2　乔治·S. 斯凯勒（George S. Schuyler，1895—1977），美国保守派专栏作家。

他作为《信使报》专栏作家的地位，也大大得益于他有一个温柔的白人妻子和一个极为聪慧的女儿。一些圈子里的人认为，白人和黑人通婚更可能生出天才，他们严肃地把斯凯勒先生的女儿当成有力的证据。（阿玛林斯·沃克夫人写了一篇文章《一个天才的教育》，详细记录了她黑白混血的儿子克雷格的成长历程；关于这个话题，《非裔美国人报》最近刊登了一系列文章。）

《乌木》和《我们的世界》是黑人媒体领域中两份重要的杂志。《乌木》的形式和内容相当于白人的《生活》；《我们的世界》相当于白人的《看客》。事实上，《我们的世界》是非常奇怪的刊物，它不太有条理，有时像大学校刊，有时像呼吁造反的革命性刊物，但主要还是像老练的兄长，致力于证明白人能做的事情黑人可能做得更好。《乌木》根据诸如"真实"的莱娜·霍恩和联邦调查局中的黑人探员等题材深挖特稿，它不辞辛劳地深入世界的遥远角落搜寻关于黑人或黑人群体的新闻，不管这些新闻多么琐碎，只要在任何方面有点奇异和（或）值得报道即可。《乌木》和《我们的世界》的基调都很乐观；它们迎合"上流黑人阶层"。《乌木》1947 年 11 号刊发了一篇社论《是时候细数我们得到的恩宠》。社论开头就指责小说《孤独的远征》的作者切斯特·海姆斯患有肤色恐慌症，继而解释说，有些黑人种族主义者和西班牙巴斯克地区的人一样盲目和危险，这无疑是正确的，但与这数百万饥饿的欧洲人相比，黑人处于更有利的地位。但我冒昧猜测，对于没有欧洲经验的黑人来说，这个类比可能没有任何意义。这篇社论的结尾写道，黑人不远万里而来，作为“爱国的美国人”，“我们”是时候停止抱怨了，应该意识到前途光明。这种欢呼的情绪从社论版对页的一张照片得到侧面的助攻或者说是强调——一个年老的黑人农妇正将丰收的洋葱带回家。《乌木》的编辑似乎没有注意到，他们杂志的存在，以及每月的栏目内容，证明随遇而安的做派都是虚假的。

黑人媒体真正存在的理由[1]可见于读者来信栏目，在那里能看到刊出的社会底层的生活真相。这是黑人媒体的可怕困局，它没有其他对象可以模仿，它只有模仿白人媒体，极力模仿那种轻松老练的口吻。但是由于题材的性质，这种口吻难以令人信服。当黑人的生活总是如此恶劣和窒息时，无论是出声还是不出声，怎么会不唱蓝调音乐呢。错的不是黑人媒体：无论指责它有什么矛盾、无知和政治幼稚病，都可以同样用来指责所有的美国媒体。这是黑人的媒体，竭力在白人的世界获得承认和立足。但局面丝毫没有改善，因为白人的世界，无论是知识、道德还是精神，回荡着毫无意义的空洞鼓声，散发出日益衰亡的臭味。在黑人媒体那里，所有的战争和谎言，

1 原文为法语。

我们社会的败坏、脱节和挣扎，全都一览无余。

像黑人一样，黑人媒体成为我们社会弊病的替罪羊。毕竟，《阿姆斯特丹星周报》报道莱诺克斯大街的谋杀案和《每日新闻报》报道比克曼山的谋杀案没有任何区别；除了后者有一些自鸣得意，前者有一些歇斯底里，两份报纸的沙文主义也没有任何区别。黑人不可避免地过着暴力生活，因此没有暴力新闻的黑人媒体也是不可能存在的；而且，在每次暴力活动中，特别是针对白人的暴力，黑人都因某种认同感而激动，希望是自己在动手，感到老账终于算清。难怪，乔·路易斯[1]在哈莱姆最受崇拜。他在美国白人唯一划定并尊重的层面获得了成功。针对黑人，针对黑人的大多数活动，我们（所有美国人）喜欢带着可以忍受的鄙夷态度；但我们看见的，正是我们自己，我们谴责的或者屈尊拯救的，也是我们自己。

或许我用了过多的篇幅谈论黑人媒体，这主要是因为许多批评黑人媒体的人在我看来总是提出无理的要求，要求这个国家最受压迫的少数族裔始终表现得体，既要有技巧，也要有远见。但这种技巧和远见，没有人会期待已故的约瑟夫·帕特森拥有，或者期待海斯特具备；我想对这些批评的口吻做出一些评价，因为在我看来，这里正显示出内在的绝望。至于黑人媒体的广告问题，

1　乔·路易斯（Joe Louis，1914—1981），美国黑人职业拳击手。

已经引起太多的评论，在我看来，这是相当符合逻辑的。任何靠肤色或发质来识别的少数族裔，终将对这些特质产生自我意识，不再使用让头发变得更卷曲的洗发液和让肤色变深的肥皂。毕竟，美国的理想是每个人都应该尽可能地相像。

的确，黑人信仰宗教，也就是说，他敬畏我们的祖先所塑造的上帝，在上帝面前，我们都会战栗。或许，哈莱姆的教堂比纽约其他贫民窟还多，它们每天晚上都开放，有些教堂白天都挤满了祈祷者。据说，这足以证明黑人生性淳朴善良，但其实这是相当绝望的情绪化表现。

哈莱姆贫民窟的教堂各式各样，有位于西138街的阿比西尼亚浸礼会教堂，也有完全无法归类的教堂，设在阁楼、地下室、店面，甚至私人住所。到了晚上，圣罗拉牧师、灵修人士、自封的先知和弥赛亚，把各自的信徒召集在一起做礼拜，在愉悦中寻求力量。正如《月宫宝盒》让我们相信的那样，这不只是幼稚的情绪释放。他们的信仰可以说是幼稚的，但目的往往是邪恶的。事实上，他们的信仰可能“让他们快乐”，这种说法暗含了不可避免的推断，强加于黑人的生活方式使他们相当不快乐，而且，更重要的是，宗教在这里是全面而精巧的幻想报复：白人主宰世界，在世界上犯下各种罪恶和不义；但恶人终将受到惩罚，好人终将得到福报，因为上帝不会打瞌睡，审判之日也不遥远。不需要特别的洞见，就能意识到痛苦在哈莱姆这里既没有死去，也没有休眠，白人误读了这些征兆，只相信想要相信的东西。经常，黑人牧师的布道不会那么抽象，他会直白地说出心中所想：哈莱姆贫民窟的生活压力，意大利和埃塞俄比亚的战争，刚刚结束的战争中的种族不平等，下一场战争即将爆发的可能性。所有这些话题为布道提供了极好的跳板，这些布道只是披了一件薄薄的灵性外衣，而其精心设计的目的，主要是证明美国白人的不义，期望着他迟来已久却必将到来的惩罚。

在哈莱姆，也能管窥黑人与犹太人之间的矛盾。首先，尽管基督教的传统指责——犹太人杀死了基督——没有受到质疑或怀疑，但“犹太人”这个术语在其最初的语境中，包括了所有没有接受救世主的白人异教徒。黑人牧师没有做真正的区分：他在布道开头就指责犹太人拒绝了上帝之光，然后细数犹太人犯下的种种罪行，细数愤怒的上帝加之于他们的苦难。尽管受难的观念建立在四处流亡的犹太人形象上，但在这里，语境不知不觉就改变了，变成明显是在提示黑人的苦难，而所历数的罪行是美利坚合众国的罪行。

在这点上，黑人几乎完全认同犹太人。越虔诚的黑人越会认为他就是犹太人，被一个残酷的监工捆绑，等待摩西带领他走出埃及。虔诚的黑人唱的赞美诗、念的经文、最喜欢的传说，全都来自《旧约》，因此，最初是犹太人的故事：逃离埃及，火炉里的希伯来孩子，可怕的救世颂歌：主啊，这难道不是艰难的考验、巨大的磨难吗？我必将离开这个人世！上帝最初与亚伯拉罕的立约，将要永远延续给他子孙的立约，也是与后世流亡者的立约：正如以色列得到上帝的拣选，流亡者也是上帝的拣选。耶稣的诞生和死亡，增添了非犹太性的因素，也确保了这种认同生效。这是上帝再次与亚伯拉罕立约，用耶稣的血续约、签字。（“还没有亚伯拉罕就有了我。”）在这里，耶稣担任了仲裁人，他是沟通大地和天堂的桥梁；正是耶稣，使立约成为可能，使众生得以拯救，“首先是犹太人，然后是非犹太人”。受难的基督形象，受难的犹太人形象，与受难的黑奴形象结合在一起，他们是一个形象：他们走在黑暗中，看见了巨大的光明。

倘若黑人是用苦难来交换他的救赎，倘若在某种程度上《新约》可以用来证明这种拯救有效，那么，正是《旧约》，黑人布道者紧紧抓住不放，经常选来布道。正是《旧约》，提供了情绪的火焰，剖析了奴役之路；正是《旧约》，允诺了报复，向被拣选者保证在天国有一席之地。我父亲是最虔诚的牧师之一，他最喜欢的经文，不是“父啊，赦免他们！因为他们所做的，他们不晓得”，而是“我们怎能在外邦唱耶和华的歌呢”。

自从遭受奴役以后，黑人连同母亲乳汁一起接受的同一种身份，在当代的现实生活中产生了复杂而特别的痛苦。哈莱姆的犹太人是小商人、收租者、房产中介、当铺老板；他们的活动符合美国剥削黑人的商业传统，因此，他们被认为是压迫者，也为此而遭仇视。我记得，在我的成长过程中，无论在家里还是在家外，没有遇见一个真正相信犹太人的黑人；很少遇见不对犹太人流露出极端鄙视的黑人。但是，这并没有妨碍黑人为犹太人工作，对犹太人极为礼貌和随和，在大多数情况下，努力骗取犹太雇主的信任；黑人不但不厌恶犹太人，相反，他们宁愿为犹太人干活，也不愿为其他人干活。这是黑人为他在这个社会的地位付出的部分代价，正如理查德·赖特指出，他几乎总是在演戏。黑人学会了准确揣摩他所面对的陌生人渴望的反应，并用令人毫无戒备的天真方式来表达。我的朋友们长大出去工作了，每天越来越愤怒，但是，他们学会了隐藏愤怒，进入了他人（不管是否是犹太人）为之安排的角色。

黑人和犹太人的矛盾，包含了黑人和非犹太人的矛盾所不具备的成分。这种成分在一定程度上解释了黑人为什么比其他非犹太人更严厉地批评犹太人，这或许让人得出结论——在世界上的所有白人中，黑人最恨犹太人。黑人因他们是犹太人而恨犹太人，他这样做，部分因为他的国家就是这么对他的；他这样做，类似于自我仇恨。这是他自我羞辱的一个方面，他把自我羞辱压缩到可以处理的大小，然后转嫁给犹太人。这是黑人的拿手好戏，数落生养他的这片大地给他带来的无数怨恨。

同时,黑人还有一种隐秘的设想,认为犹太人应该“更能理解”他的处境，因为犹太人受够了苦难，所以更能理解苦难的意义。但是，黑人期待犹太人的理解，正如最天真、最爱幻想的黑人期待其他非犹太美国人的理解。犹太人自己的地位都很脆弱，他难以证明黑人这种隐秘的信仰有道理。犹太人像黑人一样，为了被这个国家所接受，必须尽可能地使用武器，必须疯狂地接纳这个国家的传统来极力掩盖他们的脆弱；毫无疑问，这个国家对待黑人的方式就是一个传统。一方面，犹太人一直被教导，而且往往也接受黑人是劣等人的传说；另一方面，黑人在与犹太人打交道的过程中，没有发现任何证据可以驳斥犹太人贪婪的传说。在这里，非犹太的美国白人有两个传说可以立刻为己服务：他将黑人和犹太人这样的少数族裔分而治之。

在这种复杂的结构中，黑人和犹太人似乎不可能有任何真正全面的合作（这是从整个社会问题的角度而言，不是指个人之间的友谊不存在，或者无价值）。美国社会的结构使少数族裔陷入永远为敌的陷阱。他们不敢彼此信任。在犹太人这边，因为他觉得在美国的社会阶梯上必须爬得更高，因此获取任何比他还不被人爱的少数族裔的认同，没有任何好处；在黑人这边，他处于更不可靠的地位，实在不敢相信别人。

这种情况甚至适用于那些所谓进步的“卓越”的黑人，尽管加了限定条件，但几乎没有例外。职业阶层的黑人（有别于有职业的黑人）在日常接触中都在与犹太人积极竞争；他们穿着反犹主义的服饰，作为挑衅他们公民身份的证据；他们的地位太不牢靠，无法真正地轻松，无法相信任何人。他们不相信白人，不相信彼此，甚至不相信自己；他们尤其直言不讳地宣称不相信犹太人。在我加入社会主义阵营的短暂岁月中，不止一次在碰面时，要和一个黑人女大学生争论反犹问题。她正准备挤进公务系统，平时靠帮佣养活自己。她绝非愚蠢的姑娘，更不是特别狭隘的姑娘：她完全相信千禧年计划，甚至和犹太人一道努力将之化为现实；但她甚至没有准备接受一个犹太人做朋友。像我过去那样，我对她指出，她所指责的犹太人的剥削其实是美国人的剥削，而不是犹太人的剥削，在犹太人的面孔背后其实是美国的现实；但我这样对她说没有任何用。我对她说，我高中的犹太朋友不是那样的，他们没有打算利用我，我们也不相互仇视（我记得说这番话时，我也意识到怀疑像青蛙一样在我的脑后爬）。她告诉我，或许你说得对，我们现在还年少，不需要谋生，再过些日子，等你的犹太朋友从商了，而你想找一份工作时，你就走着瞧吧！

正是这种仇恨——无论是哈莱姆不善言辞的贫民，

住在糖山[1]的富人，还是才华横溢的大学生，都感觉到这种仇恨——击败并允诺将继续击败达成种族间理解的一切努力。我不属于他们。他们相信，因为压迫，一个民族会产生智慧、洞见、温和与宽容，尽管如果仇恨就是黑人的全部感觉，黑人在这个国家幸存下来根本是不可能的事情。在美国，生活似乎比地球上别的地方过得更快，每代人得到的承诺超过了实际所得：这在每一代人身上都制造出迷茫的狂怒，一种在脚下找不到坚实大地之人的狂怒。正如堆积如山一样的社会学调查、委员会报告和休闲中心建设方案，都没有改变哈莱姆的面貌，没有能消除黑人男孩和女孩长大之后，独自地、孤独地面对无论在什么地方总是低人一等的那种难以忍受的挫折感，直到最终，这种癌症攻击心灵、扭曲心灵。因此，如果美国的整个社会结构模式不改变，黑人和犹太人的关系似乎也没有改善的希望。

黑人和犹太人都是无助的少数族裔；生活的压力总是迫在眉睫、绵绵不断，他们没有时间相互理解。我想象得出，每一个生在这个国度的黑人，到了青春期，他的生活环境都会给他烙下无法弥补的伤痕。在哈莱姆，黑人男女总是懵懵懂懂地成年，绝望地想找一个立足之地；奇迹不是许多的黑人毁灭，而是许多的黑人幸存。黑人

1　糖山（Sugar Hill），美国曼哈顿一个街区的名字。

的出路非常狭窄。在困境中，黑人首先找自己发泄，然后找在他看来与自己最相似的遭了阉割的人发泄。在这里,犹太人落入美国的交叉火力地带。黑人见到犹太人时，打心底仇视的，不是因为对方是犹太人，而是因为对方的肤色。看见犹太人时，把黑人引入仇恨深渊的，不是犹太人的传统，而是这块生养他的大地的传统。正如一个社会必须有一只替罪羊,同样,仇恨也必须有一个象征。在佐治亚州，仇恨的象征是黑人；在哈莱姆，仇恨的象征是犹太人。

# 亚特兰大之行

据我所知，进步党[1]在哈莱姆没有留下任何重要的印象，尽管它在宣传中承诺了许多，但也正因为承诺太多，反而缺乏可信度。一个相当有趣的真理是，所有的美国人都不相信政客（没有人会更深入但不那么愉快地考虑公众和政客之间的相互鄙视对于各自的影响，他们之间也的确很少打交道）。在所有的美国人中，黑人最不相信政客，或者更确切地说，黑人已经习惯不对政客有任何期望；比起其他美国人，他们总是意识到选举承诺和日常生活的巨大差异。诚然，选举承诺令他们兴奋，但这不是因为这些承诺被当成好意的证据。承诺只是证明还有比好意更具体的东西：黑人的处境不是静态的；变化

1　亨利·华莱士（Henry Wallace，1888—1965）在 1946 年组建的左翼政党；1948 年，华莱士以进步党候选人身份参加总统竞选，未获成功。

已经发生，正在发生，将会发生。尽管每天的生活单调乏味，像进了死胡同，但是，正是这种单调乏味、死胡同一样的日常生活，以及不要被太多无谓的希望所背叛的睿智愿望，使得黑人用那种出奇冷漠的目光看待政客。

这种听天由命的冷漠，令乐观的美国自由派人士气急败坏；气急败坏之余，自由派人士往往声称黑人是政治婴儿。这种说法并不完全公平。自由派黑人在接受采访时向我们保证，黑人只要接受了"教育"，这种冷漠自然会消失。"教育"是一个笼统术语，让人想起阳光投射出房子的影子，一堆练字本，一群用肥皂洗得干干净净、从来不会省掉"R"音的黑人。事实上，这种冷漠与其说是在政治上不负责任，不如说是经验的产物——无论受多少教育都不能抹杀的经验。正如别的东西一样，这是黑人的选票如此容易买卖的原因，这是那声叫喊经常在糖山听到的原因——"我们黑人没有出路"。

在这个国家，大约一个世纪以来，"我们黑人"成了政治武器，成为敌人手里的王牌；选举时期向黑人承诺的任何东西，也是瞄准敌对阵营的威胁；在权力的争夺战中，黑人是卒子。不可避免的，让这一切成为可能的是黑人在美国的地位；经常，似乎至少同样明显的是，没有人——更别说政客——真正想要改变黑人的地位。

自从黑人生活在美国以来，他们的一大致命收获是他们的解放；没有人再会认为，废奴法案的实施是出于人道主义的冲动。废奴的动机，人们心想，不过是这样一幅相当可悲的画面：把骨头扔给一群饿到即将乱咬人的狗。如果这种画面看上去有些刻意的阴森，那是不希望让这幅画面比它实际的样子更黑暗；我只想补足通常描绘的这幅画面，只想指出，不管多少证据可以表明政客的真切关心和善意，不管他们为黑人地位的改善做了多么艰辛和真诚的斗争，事实上就大多数黑人而言，地位并没有改变。

社会学家和历史学家心目中有历史这杆秤，他们可能会说，我们正在走向更伟大的民主，但这超出了任何一个在美国贫民窟长大的黑人的认知。至于黑人政客，他们被黑人骄傲地当作政治家，这种骄傲类似于黑人为玛丽安·安德森[1]或者乔·路易斯而骄傲，他们证明了黑人的价值，用美国人的话来说，无人能够否认。但正如没有家庭主妇会指望玛丽安·安德森的才华对自己与房东打交道有任何实际帮助，同样，对于这些代表黑人的政客也不要抱任何指望。可怕的事情是，这里我们明显看到一个美国现象，黑人代表利用其地位，日渐脱离他们表面为之服务的族裔。而且，不管其个人是否正直，他的地位完全依赖于一千四百万不断堕落的黑人，这是贴切但往往痛苦的悖论之处；假如这个国家的理想明天

1　玛丽安·安德森（Marian Anderson，1897—1993），美国黑人女低音歌唱家，第一位登上纽约大都会歌剧院演唱的黑人。

就付诸实践，那么无数的著名黑人将会失去存在的理由[1]。

说到底，我们面对的是这个国家的心理和传统；如果黑人的选票如此容易买卖，这是因为黑人很少受到尊重；因为没有黑人敢于严肃地认为，政客会关心黑人的命运，或者若有了权力就会为此做出很大努力，所以黑人的选票必须用来换取它所能得到的东西——无论是什么短期的目标。这些目标主要是经济的目标，往往是个人的目标，有时甚至是可怜的目标：一片面包、一个新屋顶、五美元，或者不断加码，学校、房屋或在迄今为止白人垄断的工作岗位中有更多的黑人。这个国家选择忽视黑人从来不会忘记的东西：黑人没有被真正当成美国的一部分。像《印度之行》中的阿齐兹[2]或《汤姆叔叔的小屋》中的托普西，黑人知道，无论白人多么热爱正义，对黑人没有爱。

这是问题的根源；进步党做了许多的承诺，因此它背负了沉重的负担，要证明自己能够说到做到。在最近的记忆中，唯一同样激烈宣称与黑人同道的党派是共产党[3]，但在这次竞选中已经出局；当然，唯一做过类似宣扬的政客是华莱士以前的靠山罗斯福，因为他那充满魔

1 原文为法语。

2 《印度之行》（*A Passage to India*）是英国作家福斯特（E. M. Foster）于1924年发表的长篇小说。印度穆斯林医生阿齐兹被英国人指控，从而引起轩然大波。

3 指前共和党。

力的话语已经消失，他也没有成功地将黑人兄弟抬高到公民的地位。这是华莱士进步党的先辈，但对进步党并不完全有利。进步党的做法，让哪怕是最绝望、最轻信的黑人也要犹豫。

但是，在某种层面，也就是短期目标的层面，进步党还是得到了认可，因为它的确为黑人，特别是那些以种种方式与艺术沾边的黑人提供了临时性的工作。现在，在 125 大街经常听到的一个相当轻浮的问题是："是吗？你这些天在为华莱士先生工作？"因为至少是这样的：他们需要艺人和名人。为了不惹官司，我必须解释，我现在不谈论"名人"，他们处于相当不同的地位，太棘手，太复杂，难以在此文中进行分析。我只谈论那些无名的人，那些在贫困中挣扎、成群结队、源源不断的黑人男孩和女孩，他们一心想得到承认，但远未得到承认。这支大军的一部分，是一个名叫"美声"的四重唱组合。8 月，在进步党的资助下，他们去了一趟亚特兰大。这次亚特兰大之行有十八天，结果让他们对华莱士先生的热爱化为泡影。因为这个组合里有我两个弟弟，所以我知晓其中的细节；事实上，我还参考了小弟弟戴维写的一册日记，那真是一册非常详细的记录。

哈莱姆有许多教堂，每到周日，给人的印象是四处充满音乐。我两个弟弟参与的那些四重唱组合就像巡回布道的牧师一样穿行在教堂之间表演。他们参加表演，既是出于对音乐的热爱和锻炼的需要，也是为了微不足道的小费，他们把小费积攒起来平分。这些四重唱组合会举办“歌唱大赛”，获胜的队伍会名声大振，常胜将军则是这个行当的巨头。当然，所有这些四重唱组合的目的都是为了扩大地盘，大显身手，赚钱养家。至少从其音乐来判断，“金门”四重唱组合的根就在这里。在这种氛围下，还产生了罗塞塔·萨普这样的歌手。大约十年前，我在第五大道的一家临街教堂听到过她弹吉他。“美声”四重唱组合成立时间不长，还没有名气，获得邀请跟随华莱士的进步党一起到南方巡演，是不容错过的好机会，尽管这个合唱组合对梅森-迪克森线[1]多少有些顾虑。

顺便补充一句，这次邀请似乎是一个名叫克拉伦斯·沃德的黑人的主意，他是商船海员，曾经在纽约州北部一个村子的感化院里当神父。他在纽约当中间人，因为“美声”四重唱组合都是未成年人，他就成了他们巡演路上的法定监护人和经纪人。按照计划，巡演要去很多地方，但这遭到有些父母的反对。不过，一些好处抵消了这些反对：一方面，考虑到孩子的前途，巡演可能有长期利益；另一方面，可能是更迫切的理由，家长们得到保证，不谈其他，男孩们在巡演结束回家时会赚一大笔钱，比他们任何人的工作收入还多。（巡演的政治

1　梅森-迪克森线（Mason-Dixon line），美国马里兰州与宾夕法尼亚州之间的分界线，为过去蓄奴州的最北边界线。

意味似乎没有太大影响。）大家都以为，南方的教堂都在排队等候他们的巡演。“我们的理解，”戴维写道，“是去演出。”接下来，进步党接管了到处发表演说和分发请愿书的工作。“这种安排听上去很不错，”戴维简洁地写道，“所以我们决定去亚特兰大。”

他们前往南方的旅程的确气派。确切地说，坐的是一节普尔曼豪华车厢。戴维在日记中写道，“一个南方绅士和他太太”不喜欢和他们坐一起，所以这节车厢成了他们的专座。

在华莱士进步党的亚特兰大总部，布兰森·普莱斯夫人接见了他们。这个头发灰白、举手投足流露贵族气息的白人女士，似乎是进步党在亚特兰大的总干事。她大方地接待了他们，唯一不足的是，她没有想到他们是合唱队，还以为是新来帮忙拉票的志愿者。她安排他们入住巴特勒大街的基督教青年会。在这里，承诺和兑现之间的第一个差距就显现出来了，他们觉得，这差距也许太微不足道，还不值得大惊小怪。在纽约，他们得到的允诺是有一定的隐私，两个人住一间；但现在，结果是他们要睡在一间宿舍。这本该是沃德先生的职责，去出面交涉，消除矛盾，但不知道他仅仅是因为旅途劳顿，还是面对普莱斯夫人的气势不知所措，反正他的嘴巴紧闭。事实上，有好一阵子他都没有再开口。

他们回到总部，心烦意乱地等了三个小时，帮他们付房费的路易斯·伯纳才露面。普莱斯夫人提议他们出去拉票。这完全出乎意料，因为在纽约时没有人提及，而且，拉票属于自愿，不计报酬。更何况，他们中间最大的才二十岁，还不到投票年龄；他们对进步党一无所知，也不太关心。可是，要拒绝这样一位尊贵的女士有点困难，毕竟这位头发花白的女士还在为大家的事情日夜操劳。本应为他们代言的沃德先生此时声音还没恢复。就这样，他们四处请愿——也就是为华莱士的进步党拉票。他们到黑人聚居区挨家挨户敲门。拉票志愿者两人一组被派出去，一个白人搭配一个黑人。这种政治设计，不仅成为黑人和白人兄弟情深的鲜活证据，还有额外的好处是可以震慑那些比较敏感的黑人，让他们保持沉默，毕竟，和善良的陌生白人一同坐在客厅，即便他可能感到有压抑不住的嘲讽欲望，也只好强忍住。

他们拉了三天票，其间给他们报销了开支——每人每天 2.25 美元，但他们没有演出，也就没有收入。第三天，他们提出，这与他们在纽约得到的承诺完全不符；这时，那个战无不胜的普莱斯夫人又提议：他们可否在宣传车上演唱？他们丝毫没有在宣传车上演唱的欲望，尤其是他们得到的承诺是在教堂演出；但是，沃德先生无精打采，也暂时没有教堂供他们演出。他们不能在亚特兰大无所事事，什么都不做，只要他们和进步党合作，肯定至少有饭吃。“我们演出的目的，”戴维在日记中写道，“是吸引听众，进步党可以趁机对听众发表竞选演讲。”在合唱演出即将结束和竞选演讲开始之间，工作人员就在听众中散发小册子和请愿书。

戴维没有发现南方的黑人与北方的黑人有什么重大区别。一个例外是，他们中间许多人都不太可信，“他们总是谈论北方；他们必须让你知道，他们认识纽约或芝加哥或底特律的某人”。显然，“美声”四重唱组合吸引了大量听众。在吸引来的听众中，“许多人不会认或写他们的名字”，许多人对进步党也一无所知。但像美国的黑人必须做的那样，他们的确严肃对待自己被要求做的事情；他们倾听演讲，在请愿书上签名。

这个四重唱组合感到越来越失望，越来越不耐烦，他们开始接私活，出去演出，在拉票活动的间歇抽空排练。他们拉的私活比实际能够完成的要多；他们的活动范围受到限制，部分原因是缺钱，部分原因是进步党发现他们接私活，就强行要求跟随。那些拒绝为进步党提供场所的教堂，进步党不准他们前去演出，这样，他们失去了赚钱的最后希望。他们想知道沃德先生到底发生了什么。戴维的日记里几乎完全没有提沃德先生，直到亚特兰大之行即将结束的时候这人才出现，那时，他在这期间的角色或许得到一些明示。

局面日益恶化。他们与基督教青年会的经理发生了冲突。这人反对他们排练，他们只好搬到私人住所，进步党为他们每人每天付 75 美分房费；据说进步党抠门到了令人发指的地步。进步党安排他们到一家名叫弗雷泽的咖啡馆吃饭。这是猎人大街的一个黑人咖啡馆，每人每天 1.25 美元。戴维在日记中写道，吃什么东西，他们没有选择，“店家随便上”，大多是烂菜叶，“我们饿着肚皮进去，饿着肚皮出来”。只有饮品可以选择，有茶水、咖啡或汽水。

只有天知道，为什么这时候普莱斯夫人要举办一场派对。或许宣传活动正搞得有声有色；或许举办派对的弗雷泽咖啡馆需要一点额外的收入，需要认识到它接待进步党会有助于带来一个更美好的世界；或许普莱斯夫人只是想再做一次大方的东道主。反正在一个周日晚上，她举办了一场派对，邀请他们参加。戴维这时候非常关心能吃到什么，他在日记里闷闷不乐地写道：“我们吃了冰激凌。”

四重唱组合单独坐一桌，沃德先生受邀坐在普莱斯夫人的主桌。“她说这是一种荣耀。”戴维写道。但是戴维没有说是谁的荣耀。“派对上有个民谣歌手，”戴维愤懑地写道，“自然大家都必须听几首民谣。”民谣表演结束后，四重唱组合受邀进行了表演，他们演唱了四个选段。在座的人都很满意，要求加唱一首。四重唱组合无论如何都不愿意加唱，在户外连唱，对嗓子有害，其中一人的嗓子都哑了，所以不管在座的人如何起哄，他们还是歉意地表示了拒绝。“这让普莱斯夫人很不开心。”

普莱斯夫人的确不开心。她习惯了颐指气使，忍受不了别人的抗拒。星期一早上，她把沃德先生叫到办公室，质问那些黑人孩子自以为是什么东西。她说已决定当天用车把他们送回纽约。沃德先生还想着头天晚上的荣耀，震惊之下，立即提出抗议。普莱斯夫人威胁说，既然这样，那也不用派车送了，你们不妨走路回去。走路回去对北方的黑人来说不是愉快的出行方式；在亚特兰大的黑人，特别是在亚特兰大的北方黑人，没有一个人可能走太远。沃德先生开始讨价还价：时间仓促，来不及动身；更何况换洗的衣服在干洗店，一时半会儿也取不出来，也不可能丢下不要。娇生惯养的普莱斯夫人不想听这些鸡毛蒜皮的小事，最终她失去了耐心，喝令沃德先生滚出办公室，她问他是不是忘了自己在佐治亚州，知不知道自己在白人女士的办公室。

沃德先生赶忙离开。他胃里头天晚上的友谊面包肯定像巨石一样沉重。四重唱组合随后想要接私活，都遭到了明确拒绝和警察的威胁。顺便补充一句，戴维在日记中写道，那时候亚特兰大有五个黑人警察，他们没有权力逮捕白人，但在逮捕黑人方面可是急先锋。在哈莱姆，黑人警察甚至比白人警察还恐怖，因为他们要证明的东西很多，用于证明的手段却有限。想到在亚特兰大有可能坐牢,他们吓坏了。在哈莱姆可能挨顿毒打的事情，在亚特兰大很可能会送死。“不过，”戴维在日记中写道，“这挺讽刺的。”他的意思是，那五个黑人警察隐约暗示了进步党致力追求的那种平等。

他们没有再见到普莱斯夫人。这标志着他们与进步党的决裂。这下，进步党拒绝承担任何费用。幸好房租是预付的,他们才暂时没有睡大街。但是,吃饭成了问题。沃德先生给他们买了“几条面包”和一点儿果酱；他们搞了一次预定的演出。这一周，普莱斯夫人大发慈悲，帮他们把换洗衣服从干洗店取回来。她派了一个白人监督沃德先生到汽车站买票。这个白人是进步党一派的忠实拥趸，出席过普莱斯夫人举办的派对，长得很像他们来时在普尔曼列车上遇到的那个南方绅士。他买好车票，丢到沃德先生的脚下，说再也不想在此见到他这张黑脸。

其间，四重唱组合靠打零工赚了六美元，勉强够三个成员返程的伙食费。周五，他们兵分两路，三个成员当天出发，另外两个再到建筑工地打十天工赚路费。沃德先生打算回家探亲，他答应回纽约后再与他们碰面。我写这篇文章时，他还没有回纽约。现在“美声”四重唱组合提起这次亚特兰大之行就一笑置之。他们善良开心的笑声，按照白人的说法，是黑人独特的遗产。黑人生来就有这种幸运的能力，对一切苦难都能一笑置之。

有点奇怪的是，四重唱组合对进步党并无特别的抱怨，尽管他们很难算是进步党的支持者。“他们都一个鸟样，”戴维对我说，“没有一个人会为你做好事；如果你继续愚蠢到相信他们说的话，那是你自己活该。反正，他们中间没有一个人会为我做一件事。”

## 土生子札记

一

1943 年 7 月 29 日,父亲去世。当天他逝后几个小时,他最后一个孩子诞生。在这之前的一个月,我们全身心地等着这两件事情发生,其间,底特律爆发了 20 世纪最惨烈的一次种族骚乱。葬礼后几个小时,父亲的遗体还躺在殡仪馆的小教堂里,哈莱姆也爆发了骚乱。8 月 3 日清晨,穿过满地碎玻璃的荒野,我们将父亲的灵柩送到了墓地。

父亲葬礼那天也是我十九岁生日。为他下葬时,因不公、混乱、不满和仇恨而造成的破坏,在我们周围触目可见。我当时想,也许这正是上帝的旨意,编排了这一出十分冗长、十分惨烈的不和谐尾声,作为父亲生命终结的标志。我又想，父亲离开人世时，我们周围出现的暴力，也是上帝的旨意，作为一剂良药，医治我这个长子的骄傲。这样的启示是父亲的信仰根基。过去，我拒不相信；现在，生活似乎在说，当前的确有些东西，应该当作启示，预示灾难真的会发生。因为父亲的生活处境，因为我们的生活处境，我一向对父亲心存蔑视。现在，他的生命终结后，我开始琢磨他的人生，也以一种新的方式，开始领悟我自己的人生。

我对父亲不算很了解。我们关系不好，部分原因是，我们都有固执骄傲的毛病，只不过表现方式不同。他去世时，我才意识到，我几乎没有和他说过几句话。等他去世很久后，我才开始惋惜，没有好好与他说过话。美国的生活好像总是这样，无论真实或虚假，这里的机会比世界上任何地方都多，下一代人也就没时间和上一代人交流。似乎没有人，包括父亲本人，搞得清他的岁数。唯一肯定的是，他的母亲出生在蓄奴时代，他是废奴后的第一代黑人。1919 年后，他和成千上万的黑人来到北方，而我这代黑人，从来没有看见过黑人有时所说的“故土”。

父亲出生在新奥尔良，在那里生活到成年。他一直是个文静的年轻人。那时，路易斯·阿姆斯特朗[1]还是个

---

1　路易斯·阿姆斯特朗（Louis Armstrong，1901—1971），出生于新奥尔良贫民区，美国爵士乐音乐家；于 1972 年被授予“格莱美终身成就奖”。

孩子，在为新奥尔良低级嘈杂的夜总会和赌场跑腿。在我听到的故事中，新奥尔良总是被描述成最邪恶的城市之一，直到今天，每当想起新奥尔良，我就绝望地想到所多玛和蛾摩拉[1]。父亲从来不提路易斯·阿姆斯特朗，除非是阻拦我们放他的唱片时，但很长一段时间，我们家里的墙上都挂着一幅阿姆斯特朗的照片。那是父亲的某个固执的女亲戚挂上去的，她不准父亲把它取下。父亲没有动照片，但他最终还是想了个办法，把那位亲戚赶出了家，多年后，那位亲戚落了难，快要死了，父亲还是不肯出手帮她。

我觉得，父亲很英俊。我是从照片和我对他的记忆中得出的结论。照片中的他穿着礼拜服，到某个地方布道，那时我还小。他英俊，骄傲，内向，“像一枚内生的趾甲”，有人告诉我。但是，当我长大一些，在我眼中，他看起来就像我在照片中见到的非洲部落酋长：他真该裸身，涂满油彩，手拿蛮族的纪念品，站在长矛中间。布道坛上的他可能只令人生畏，个人生活中的他则是难以形容的残酷；他肯定是我见过的最没有好声气的人；不过必须得说，他身上还是潜藏着别的东西，赋予他巨大的力量，甚至是征服一切的魅力。我想，这与他

1 所多玛（Sodom）和蛾摩拉（Gomorrah）出自《圣经》，均为罪恶之都。所多玛是一个耽溺男色而淫乱的性开放城市；蛾摩拉因居民邪恶、堕落、罪恶深重而被愤怒的神毁灭。

的黑有关，他的皮肤非常黑——又黑又美，他知道自己很黑，但不知道自己很美。他宣称为自己的黑感到骄傲，但这种肤色也是他受到许多羞辱的原因，决定了他的凄惨人生。随着我们逐渐成长，他已不再年轻，他饱经风霜，经历了各种创痛。他以一种过分苛刻的护卫方式爱着孩子。我们的皮肤像他一样黑，我们也像他一样受到威胁。有时，当他极力想和我们中间的某个孩子建立联系——据我所知他从未成功——他所有的喜怒哀乐都会挂在脸上。当他把某个孩子抱在膝盖上逗弄，这个孩子总会变得烦躁，开始大哭；当他想为某个孩子辅导作业，他身上散发出来的强大威严让我们的心灵和舌头都会瘫痪，以至于他莫名其妙就会发火，我们莫名其妙就会受罚。如果说他曾经动念，回家要给孩子们一个惊喜，那么无一例外总会事与愿违，即便是他在夏日经常扛回来的大西瓜，也会导致最可怕的场景。那么多年来，我想不起哪个孩子看见他回家时会开开心心。就我对他早年生活的了解，不善交际似乎是他一贯的特点，也是促使他离开新奥尔良的原因之一。因此，他身上有某些东西，他在摸索和尝试，但从来没有用语言表达，最后一起随他埋葬。当他见到陌生人，希望给人留下印象时，他身上那种东西看得最清楚。但是，他从来没有给人留下印象，更别说长久的印象。我们从大教堂跑到小教堂，从小教堂跑到小得不能再小的教堂，他发现请他当牧师的人越来越少；他临终时，已经很久没有朋友来看他。他在难以忍受的精神痛苦中活着和死去；当我们把他的灵柩送往墓地，穿过那些喧嚣破败的街道，看到那种痛苦多么强烈，到处满溢，我意识到这种痛苦现在成了我的痛苦，禁不住胆战心惊。

父亲去世时，我已经离家一年多。在那一年，我终于明白了父亲那些严厉警告的含义，终于发现他骄傲的撇嘴和僵硬的举止背后的秘密：我发现了白人在这个世界上的分量。我知道,这件可怕的事情我的祖先曾经忍受，现在轮到我也要忍受；我知道，杀死父亲的那种痛苦也能杀死我。

父亲病了很长一段时间——我们现在才明白，那是心病；此刻体尝对他内心痛苦的新认识，回想起他那些疯狂的固执行为，我们就对他多了一份怜悯，那份从来就没有对他表达过的怜悯。那时，我们不知道他正被妄想症吞噬；他对我们身心的虐待，其实是他疾病的一个表征，但即便那时找到这个病根，也不足以让我们原谅他。很简单，要是他不用回家，我们中间小一点的孩子会觉得是个解脱。即便母亲说，全靠了他，这些年来才养活了孩子们；但我们把这当耳边风，因为养活孩子的问题对于孩子们来说并不真实。父亲走后，我们中间大一点的孩子会觉得，可以邀请朋友到家里来玩儿，再也不用担心遭他骂了，或者像我有时的遭遇那样，父亲告诉我，弟弟那些朋友与魔鬼勾结，是想上门来打劫的。（我总是想，到底我们家有什么，是别人会想要的；为此，我一直恨他不已。）

等人们都意识到他生病了，他已没有得救的希望。他一直都是那么奇怪，像一个先知，生活在与上帝不可思议的亲密交流中。他坐在客厅的窗前，长久地沉默，偶尔发出一声呻吟、赞美一声上帝或唱一段老歌。我们已见怪不怪了。直到他拒绝进食，因为他说家人想毒死他，母亲才不得不接受此前不情愿地怀疑的疾病是个事实。一住院，就发现他有肺结核，事后证明，是他的心病引起了身体的病痛，最后摧毁了他。医生也没法让他进食，只能靠静脉输液，显然，从入院的第一天，他已没有希望。

我心里依然能看见他，坐在窗前，陷于恐惧之中；对每个活人，他都又恨又怕，哪怕是自己的孩子，他也认为背叛了他，投靠了那个鄙视他的世界。他有九个孩子。我不禁想，他这样一个人，要养九个他不大养得活的孩子，那会是什么滋味。他常常对我们的贫穷开些小玩笑；当然，这些玩笑在我们看来似乎从来就不太好笑；对他来说，似乎也不可能很好笑，否则我们对这些玩笑麻木的反应，就不会引起那样的暴怒。他许多精力都放在将我们与其他人——我们周围的人，搞通宵家庭派对的人（我们在本该睡觉的时间却在偷听他们的音乐），在莱诺克斯大街咒骂、喝酒、亮着明晃晃刀片的人——隔离开来，让我们懊恼的是，他还常常得手。他不能理解，既然那些人有如此多精力，为什么不用来把日子过得更好。他用最粗暴的态度对待我们街区的每一个人；当然那些人，还有他们的孩子，也会迅速还击。

唯一来我们家的白人是社会福利工作者和收费员。总是母亲与他们打交道，因为父亲的脾气受他的骄傲指使，没个准信。他显然认为白人登门是一种冒犯：这种感觉流露于他僵硬可笑的举止，流露于他貌似客气、实则是恫吓的刺耳声音。我在九或十岁时写了一出戏剧，指导我的是一位年轻的白人女教师。此后，她对我非常关心，借书给我阅读。为了培育我的戏剧爱好，她决定带我去看她有时候会毫不掩饰地宣扬的“真正”的戏剧。去看戏在我们家是绝对禁止的，但凭着一个孩子的残酷直觉，我相信女老师的肤色会为我争取到机会。如果她是黑人，她在学校说要带我去看戏时，我可能当场就回绝。——我没有想办法拒绝她，而是同意她晚上来我家接我。然后，我很明智地将其余的一切交给了母亲。如我所料，母亲对父亲说，这个女人心肠好，让她白跑一趟总不大好，更何况，来的还是学校老师。我猜，母亲用了“教育”的观念去打消父亲心中“罪恶”的观念。对我父亲来说，“教育”这个词也是有分量的。

老师到来前，父亲把我拉到一边，问老师为什么要来，是不是看上了我们家什么东西，是不是对我这样的男孩儿别有所图。我说不知道，不过我也暗示说，可能与教育有关。我知道父亲在等我说一点儿东西，只不过我不知道那是什么；他也许是在等我说，我想要他保护，不想跟老师走，不想接受老师的“教育”。但这些话我都没有说，老师一来，我就跟着出门。显然，我们在客厅的简短交流中，父亲强压住了他的意愿，还是同意了我外出；他要是想拦住我，也是做得出的。但他没敢阻拦，为此，我瞧不起他：我当时绝没想到，站在客厅里的他，那一刻正面临前所未有的险恶处境。

后来，父亲失业了，这个老师对于我们就变得很重要。她是一个真正善良大度的女人，费了很大劲儿帮我们，特别是在一个寒冬。母亲用她能想到的最尊贵的称号来称呼她：说这个老师是“基督徒”。父亲也听惯了这称呼，没有表示异议；但在我们关系相对密切的那四五年，他从来没有信任过这个老师，总想出其不意地从她坦荡的中西部风格的脸上找到她巧妙隐藏起来的真正恶意。之后的几年，特别是他看出这种“教育”正把我引向万劫不复之时，他就毫不含糊地警告我说，我中学里的白人朋友不是真正的朋友，等我年纪大一点，就会看得出来白人会想方设法压制黑人。他承认，有些白人可能不错，但无一值得信任，绝大部分根本谈不上好，最好少跟他们打交道。可那时我不这么想；我天真地以为，我永远不会这么想。

但是，父亲去世前一年，我的人生出现了重大变化。那时，我一直住在新泽西，在一家国防厂工作，工友都是南方来的白人和黑人。当然，我对南方、对南方人如何对待黑人及期待黑人如何表现多少有些了解，但我从来没有想过，有人会那样看待我，期待我也那样表现。在新泽西我懂得了，做一个黑人，意味着没有人会正眼瞧你，你只不过是肤色在他人眼里引起的条件反射。我在新泽西依然我行我素，也就是说，我很自以为是——我必须那样行事——结果呢，简直难以置信。我刚进厂，兜头就遇到所有上司和几乎所有工友的敌意，特别巧妙的那种敌意。更糟的是，起初我不知道发生了什么，完全蒙在鼓里。我不知道究竟惹了什么，会招来那样一致的敌意，主动挑衅的敌意，令人难以忍受的敌意，直言不讳的敌意。不久，我就开始猜可能是有人在搞事。我知道有种族歧视，但我没经历过。我三次去了某家自助餐馆，混在一群普林斯顿大学的学生中间，站在柜台前等候取汉堡和咖啡，每次我总要等很久，才会有东西送来。第四次去，我发现根本没有人把东西送到我面前，我只有自己动手去取。事后有人告诉我，那个餐馆不招待黑人，他们一直在等我明白过来，我是在场唯一的黑人。一旦知道了原委，我就决定偏要天天去那里。可这时他们已经做好了应对我的准备，接下来，在那里发生了可怕的几幕之后，我就再也没去了。

在新泽西发生的全是同样的故事，无论是在酒吧、保龄球馆、餐馆，还是在我住的地方。我都是被迫离开，要么忍气吞声，要么大吵一场。很快，我就臭名昭著了。每到一处，小孩子总在我背后嘲笑，大人会对我指指点点或大吼大叫。他们真以为我是疯子。这的确对我的心灵产生了影响；我开始怕去任何地方，为了补偿，我就去了本不该去的地方，天知道，那些地方我是真不想去。我在小镇里的名声自然也助长了我在工厂的名声，每天漫长的工作成了一连串的杂耍，我千方百计少惹麻烦。我不能说，我的杂耍是成功的。我渐渐明白，我工作的地方日日夜夜翻来覆去地运转，就只有一个目的：把我赶走。我被炒了一次鱿鱼，但在一个纽约朋友的帮助下，我又回到了工资单上；再被炒后，我又再次打回来。第三次他们费了一些时间，但这次我彻底被炒了。哪儿也找不到破绽，连进门的机会都没有。

新泽西的那一年会永远活在我的心里，好像我对那一年有毋庸置疑的偏好似的。似乎也正是那一年，我第一次染上了一种可怕的慢性病，反反复复的症状是莫名其妙的发热，脑壳里像在擂鼓，肠道里如同火烧。一旦得了这种病，就休想再轻松，它会无声无息地说来就来。它能破坏比种族关系更重要的东西。活着的黑人的血液里无不有这种火气——只能选择要么有意识地接受，要么向它投降。至于我，这种病已经发作，正在发作，至死都会发作。

我在新泽西的最后一个晚上，一个纽约来的白人朋友带我到最近的大镇特伦顿去看电影,喝几杯。事后证明，至少是因为他，我才免受一顿毒打。那天晚上的每个细节几乎都活生生地刻在我的记忆中。我还记得电影的名字《吾土吾民》，很贴切，深具反讽意味，故事与德军占领法国有关，由莫林·奥哈娜和查尔斯·劳顿主演。我还记得电影结束后，我们去了一个名叫“美国餐馆”的地方。我们一进店，柜台后的服务员就问要什么，我记得我以惯常的尖酸语气说：“要汉堡加咖啡，你以为我们想要什么?”我至今想不明白，我那时遭遇了一年的冷落，怎么还是没有料到对方的回答也是那句话，“我们这里不招待黑人”。这个回答没让我不安，至少当时是那样。我对餐馆的名字嘲讽了几句，就走了出来。

那时正值所谓“电荒”时期，美国城市的灯火都很黯淡。一回到大街上，我仿佛遭遇了幻觉或梦魇的冲击。街上人来人往,我朝北而行。但在那一刻,我觉得所有人,无论是看得见还是看不见的人，都在朝我扑来，追打我，个个都是白人。我还记得他们脸上闪着光的样子。我突然有种感觉，觉得脖子后咔嚓一声，好像身体内连接头和身子的那根神经被切断。我立刻抽身疾走。我听到那个纽约来的朋友在后面叫我，但我置之不理。天知道他心里在怎么想，不过他很清醒，没有硬拽住我。要是他硬拽住我，我不知道会发生什么。他只是跟着我，怕我走丢。我也不知道我心里怎么想的，我肯定没有目的地。我只想做点什么，砸碎那些白人的脸，那些面孔令我疯狂。我大概走了一两个街区，来到一家金碧辉煌的大饭店，我知道，就算圣母为我求情，也甭想得到招待。但我还是推门而入，看见一个空位就坐了上去。这是两人座的桌位，我坐在那里等着。

我不知道等了多久。我至今仍想，我当时是什么样子。不管我当时是什么样子，反正女招待一过来，就吓坏了。一看到她，我就把所有的狂怒朝她发泄。我恨她那张白色的脸，恨她惊恐的大眼睛。我心想，要是你觉得黑人可怕，那我现在就要你真正体验一回。

她没问我要什么，只是反复念叨她好像从别的地方学到的一句话："这里不招待黑人。"她要是用粗暴、嘲讽和敌视的口吻说这句话，我倒还习惯；偏偏她的声音中夹着一丝歉意和恐惧，这就使我更加冷酷，更有杀心。我觉得我的双手必须做点什么。我想，她若再走近我，就扭断她的脖子。

于是，我假装听不懂她的话，想诱她走近。她真的朝我挪了一小步，很不自然地把铅笔搁在点菜单上，口中继续念叨："这里不招待黑人。"

不知怎的，这句话如同挥之不去的噩梦，在我心里像千钟齐鸣。我意识到她不会再靠近，我只有从远处攻击。

桌上除了一只半满的普通水杯没别的东西，我拿起水杯，死命砸过去。她一低头，杯子没有砸中她，砸到了收银台后的镜子。只听见哗啦一声，我凝固的血液立刻解冻，我从噩梦中清醒过来，我第一次看清了这家饭店。周围的人们都目瞪口呆。刹那间我觉得他们全都齐刷刷地站起来。我明白我惹了什么祸，我在什么场合。我吓坏了。我起身就朝门口跑。刚到门口，一个膀大腰圆的男人一把揪住我的衣领，开始打我的脸。我踢了他一脚，挣脱开来，冲上大街。只听见我的朋友对我低吼一声："快跑！"于是我撒腿就跑。

我的朋友故意一直留在饭店门口，误导追我的人。他后来告诉我，警察很快就来了。那天晚上，他来到我房间。我现在想不起当时对他说了些什么，我可能没有说太多。我觉得，我以最怪异可怕的方式背叛了他。我后来反复回想这件事，就像出了车祸，发现只有自己平安无恙时，才会反复回想到底是怎么回事。我无法摆脱两个事实，它们都难以凭想象来把握。一个是我可能被杀死，另一个是我随时可能杀人。我那时什么也还看不大明白，但我看明白了这一点：我的人生，我真正的人生，已处于危险之中，不是因为别人会把我怎样，而是因为我内心淤积的仇恨。

## 二

大约是6月的第二周，我回到了家。我回得很匆忙，父亲的死亡和母亲的分娩似乎都近在眼前。在生孩子这件事上，母亲误算了产期，不久就可为证。这是她的习惯，我相信，我们几个孩子，无论是来到人世，还是去任何地方，没有一个人是准时的。但是，我们中间没有一个人如最后出生的这个妹妹那样，在母腹里磨磨叽叽，不肯出来。那几周真是窒息得要命，时间好像停滞了。我们有时开玩笑说，想想那个胎儿，住在安全、温暖、幽暗的子宫，哪肯出来加入我们混沌的生活，所以才执意拖延产期。我非常理解这个小妹妹的心情，她这么早就懂事，我衷心地为她感到高兴。但是，当生命在母腹跳动时，死神也故意守在父亲的病榻前。我们不理解，父亲在死亡漫长的阴影里为什么还要停留那么久。他看起来早就为死亡做好了准备。现在死亡为他做好了准备，他却退缩了。

其实，哈莱姆的人似乎都在等待。此前，我不知道这会是如此可怕的宁静。美国加入“二战”的头两年，种族矛盾急剧恶化，部分原因是劳工市场把成千上万准备不足的人会集在一起，还有部分原因是黑人士兵不管出生在哪里，都要被送到南方军训。国防厂和军营发生的事情自然在黑人聚居的贫民窟都有反响。哈莱姆的局势日益恶化，牧师、警察、教师、政客和社工才说完不存在“犯罪潮”，立马又建议如何打击犯罪。他们的建议好像总与建设运动场地有关，哪怕运动场上也有小规模的种族冲突。无论是否建设运动场，是否存在犯罪潮，反正哈莱姆的警力在3月就已增加，骚乱的苗头开始出现，或许部分原因是贫民窟的人对警察生来就怀恨在心。或许在对走私、刺杀、枪击、袭击、帮派斗殴和指控警方滥用暴力等的常规报道中，最能透露内情的新闻是，六个黑人女孩在地铁里突然攻击一个白人女孩，按照她们所如实交代的，是因为白人女孩踩了她们的脚。这是事实，类似的事情在美国各地都在发生。

此前，我从来没有意识到，警察，无论是走路的，还是骑马的，是站在街道角落的，还是在别的任何地方的，总是成双成对。我也从来没有注意过，有那么一小撮人，他们站在廊道、街角或门口。他们最明显的特征是沉默不语。我路过时，他们不像平时那样笑骂一声，更不会窃窃私语。不过，他们之间肯定有异常密切的秘密交流。另一个令人惊讶的发现是，他们的成分出乎意料地混杂。若在平时，你会看到一群嬉皮士站在街角，对着过路的姑娘摇头晃脑；或者看到一群老人在理发店附近，议论棒球赛的比分和球员，甚至对他们熟悉的女人品头论足；通常情况是看不到女人们结伴而行的，除非是那些去教堂的妇人、年轻的姑娘或者空闲时扎堆的妓女。但那个夏天，在廊道或街角，我看见了各种奇怪的组合：受人尊敬的虔诚家庭胖主妇，盘着头发，与一个穿着脏兮兮劣质绸缎、脸上还有杜松子酒和刮胡刀片的痕迹的姑娘在一起；膀大腰圆、言行果断的老实人与臭名昭著的“种族主义”疯子在一起；“种族主义”疯子和嬉皮士在一起；嬉皮士和女信徒在一起；基督复临安息日会教徒、卫理公会教徒和通灵术士，似乎和圣罗拉牧师走得很近，全都与最明目张胆宣称不信教的人裹在一起。他们的站姿中有某种沉重的东西，似乎令人难以置信地表明，他们看见了共同的愿景，每张脸上似乎都笼罩着同样奇怪而痛苦的阴影。

那个虔诚的女信徒和她那老实巴交、行动果断的丈夫所生的儿子在军队服役；那个浑身邋遢的姑娘的情人在军队服役；那些嬉皮士和“种族主义”者，他们的朋友或兄弟在军队服役。若要他们不受令人痛苦的信件困扰，不受报纸消息打扰，不被海报激怒（那时整个纽约都能看到形容日本人是“胆小鬼”的海报），那就需要有不容置疑的爱国主义精神。幸而在美国，这种精神既不寻常，也不受欢迎。可以肯定，正是那些“种族主义”者，不停地说要报复（至于如何报复并不清楚），要为穿军装的黑人男儿遭受的屈辱和危险讨个公道；但每个人感觉到的是迷茫而痛苦的绝望，以及当知道所爱的人不在身边，遭遇危险时油然而生的无法压抑的恐慌。这种绝望和恐慌最终对最坚韧的心灵也造成了影响。或许，最好的总结是，我认识的人，当他们知道自己的孩子离开了南方的军事训练基地，被派到海外去打仗，他们首先感觉到的是特别的解脱。也许就像感觉到危险的旅程中最危险的部分已经穿过，即便死亡来临，也是带着荣耀，而不是同胞的阴谋。总之，这样一种带着荣耀的死亡是一个人能够接受的。

7 月 28 日，我记得那天是周三，我第一次也是最后一次去探望住院的父亲。看到他的那一刹那，我就知道自己为什么姗姗来迟。我告诉过母亲，我不想去看他，因为我恨他。但这不是真心话。只能说因为我恨过他，我想继续抓住这种恨。我不想把他看成废墟：我恨的不是废墟。我想，人们执着于自己的恨，是因为他们意识到，没有恨，就只剩下痛。

我与姑妈同行。那家精神病院好似藏在长岛的尽头。天气炎热，尘灰漫天，我和姑妈一路争吵。我刚学会抽烟。她抱怨我摆架子。但我知道，她与我争吵，是因为她不忍面对自己弟弟要死了的事实。我也不能忍受她的绝望，不能忍受她悬在心中的困惑，她弟弟的人生和她自己的人生到底怎么啦？因此，我们争吵。我抽烟，她不时陷入深思。我偷偷地打量她的脸。这是一张干瘪的老脸，眼窝深陷，目光呆滞。我想，她很快也要死了。

小时候的时光仿佛就在眼前。那时我认为姑妈很美。

她聪明伶俐，对我们这些娃娃大方。每次她来，都像是过节。我和一个弟弟曾经想离开家跟她过。现在，她再不会从手提包里拿出意想不到但快乐而亲切的东西。她让我觉得怜悯、内疚和恐惧。想到我不再对她有感情，这种感觉很可怕。离医院越来越近，她的话越来越多，自然也就越来越依赖我。在怜悯、内疚和恐惧之中，我开始觉得，我的脑袋里还囚禁了另一个我，就像玩偶匣子里的玩偶，随时可能逃离我的控制，飞到空中，不停尖叫。

一进病房，姑妈就不停地抽泣。她看见自己的弟弟躺在床上，骨瘦如柴，一动不动，就像一只小黑猴。即便他能动，那台闪闪发光的大型喂食器也会强迫他安静。这种仪器给人的感觉不是解脱，而是折磨。插进他手臂的针管，让我想起小时候在图片中看到的被捆绑在小人国岛上的格列佛。姑妈不停地哭。父亲的喉咙里像塞了一只口哨。我们没有说话，他也不能说话。我想握住他的手说点儿什么，但是，即便他还能听到，我也不知道可以说什么。他的魂灵好像已经离开病房，至少可以说，已经独自去往天堂。姑妈告诉我，父亲在说他是去见上帝，但我没有听见父亲说什么，只听到他喉咙发出的哨声。医生回到病房后，我们就离开了。我们再次坐上那趟难以忍受的列车。第二天早上，医院来电说父亲死了。家里很快就挤满了亲友，哭哭啼啼，一片混乱。我迅速将妈妈和弟弟妹妹托付给最显眼的几个女人。至少在黑人社区，每有丧事，她们总会不请自来，带着洗液、箴言和耐心，登门帮厨，料理后事。然后，我去了市中心。当晚，我回到家时，母亲已被送往医院，她肚子里的孩子已经降生。

## 三

父亲葬礼在即，我却没有丧服可穿，这个问题困扰了我一整天。我还有许多其他问题，同样简单，但又无法解决。为了逃避真正的烦恼，我的心思才疯狂地纠结于这些问题。那天，我大多数时间都和一个我熟识的女孩待在她市中心的公寓里。我们开威士忌庆祝我的生日，但我依然挂念晚上葬礼上的穿着。当计划一场生日庆祝活动时，人们自然不会想到会与一场葬礼相冲突，那个女孩当天晚上原本计划带我吃完大餐去夜总会。在那漫长的一天中的某一刻，我们下了决心，葬礼一结束，我们就开开心心地去玩。我想我是下了这个决心的。但葬礼即将开始前，我就越来越清楚，结束后我一个人会不知如何是好。我是主祭人，那个女孩担心威士忌会上头。她忙前忙后竭力宽慰我，给我出主意。她不知从哪里找出一件黑色衬衣，把它熨烫好，再配上我的黑色裤子和黑色夹克。我就这样穿着，醉意朦胧地去参加父亲的葬礼。

教堂虽然人多，但并不显得拥挤，也非常安静。除了我们家几个孩子，大多是亲戚。我不时会看见小时候才见过的面容，他们是父亲的故友，都是黑人，神色肃穆，似乎暗示他们早知道有这一天。最重要的主祭人是姑妈，她和父亲吵了一辈子，我这不是说她在假惺惺悼念，或者不爱自己的弟弟。恰恰相反，我认为她是世上最爱我父亲的人。他们不断地争吵，就是爱的证明。据我所知，这个世界上与父亲的深厚感情赶得上姑妈的，只有此时躺在医院等待分娩的母亲。

在我看来，这是一场冗长的葬礼。这只是我的感受。其实，比起大多数葬礼，这一场时间短得多。因为没有人不停地号啕大哭，所以这场葬礼也难以称得上成功——如果我可以用“成功”来形容的话。主持葬仪的牧师是父亲临终前见过的几个人之一。牧师在葬仪上的发言里为我们描绘了一个有思想、有耐心、很坚韧的陌生人，一个给所有他所认识的人带来启迪的基督徒，一个堪称孩子楷模的父亲。无疑，我们这几个孩子正惶恐不安，内疚不已，差不多就要信了。父亲过去是那么遥远，遥远得可以是任何形象；无论如何，父亲真的就躺在灵柩中，这件难以置信的事情让我们震惊，为我们的心灵接受他的任何形象做好了铺垫。姑妈在号啕大哭，她的哭声就是父亲为人的明证。其他人阴沉着脸，若有所思，看不出表情。这是他们不知道的人，他们也不想面对他；除了真实性问题，还有一个更深层的意义，这是他们不知道的人，这个他们不知道的人可能才是真正的人。这个真正的人，无论他是怎样的人，吃过苦，现在死了，这才是可以肯定的重要事实。教堂里每个人都希望，自己身后，也会得到颂扬，也就是说得到原谅；所有的疏忽、贪婪、错误和谎言都是理所当然的，应该得到宽恕。这或许是人们彼此能够给予对方的最后礼物；毕竟，这是他们要求上帝给予的礼物。只有上帝看见了午夜的眼泪；当人子双手合十呻吟，在房间踱步时，只有上帝在场。当这人愤怒地扇了自己孩子的耳光，他心灵上的反冲力在天堂回荡，变成世间痛苦的一部分。当他的孩子饿着肚子，闷闷不乐和疑心重重时，当他看着自己的孩子日益迷惘，走得更远，冲向危险时，只有上帝知道，他感情丰富的心灵所受的折磨，如同皮鞭落在背上留下的鞭痕。只有上帝知道，如果他像上帝一样有赋予语词生命的才华，他会说些什么。只有上帝知道，那个房间里的父母面临的不可能的任务：如何为孩子做好准备迎接终将受到鄙视的一天，如何在孩子身上制造（靠什么方式？）一种比他为自己找到的还要强的解药，来对付这种毒药。大街、小巷、酒吧、台球房、医院、警察局，甚至哈莱姆的运动场，更别说感化院、监狱、停尸房，都证明了这种毒药的效力，却对解药的效力保持沉默。这难免让人发出疑问，那样的解药是否存在；更糟的是问，那样的解药是否真的需要；或者问是否应该以毒攻毒。如果脑中带着这么多分裂的想法，心里有着更多无法名状的恐惧，那么，最好不要对他进行判断，他在难以忍受的重负中走向毁灭。最好是切记：你只知道他的堕落，但你不知道他的挣扎。

牧师发言时，我看着弟弟妹妹，浮想联翩。多年来，为他们换尿片，洗洗刷刷，扇他们耳光，送他们上学，责骂他们，或许不可避免的结果就是爱他们，只不过我过去不敢确定自己明白这点。我的脑海里充斥着杂乱的印象。流行歌曲片段、黄色笑话、零碎读物、电影镜头、面孔、声音、政治问题，我想我快要疯了。就在我体内的热量和酒劲让我恶心时，这些印象又突然消失。有一瞬间，我感觉到，口香糖也掩饰不住的酒气弥漫了教堂。这时有人开始唱起父亲最喜欢的一首歌；我突然觉得我和他在一起，在一个闷热拥挤的大教堂里，我坐在他的大腿上。那是我第一次上教堂，是138街的阿比西尼亚浸会大教堂。我很久没有去那里了。这一幕打开了我记忆的匣子。在我愤怒的成长岁月，我已忘记了，我小时候为他是我的父亲而感到自豪。我小时候有一副美妙的歌喉，父亲喜欢带我到教友面前炫耀。我已忘记了他高兴的模样，但我现在想起，在我独唱结束后，他咧嘴大笑不停。我甚至记起他和母亲开玩笑时的表情。他爱她吗？我不知道。这一切到底是从什么时候开始改变的？现在想来，他并非生性冷酷。我想起他带我去剪头发，理发椅的脚踏板擦伤了我的膝盖；我想起他的脸，他安慰我不要哭，给我抹止痛水。我想起我们的斗争,可能是最残酷的斗争，因为我的武器是沉默。

我想起我们唯一的一次真正的交流。

那是在我即将离家的一个礼拜天。我们一起去教堂或从教堂回来，就我们两人，像平时一样，默默无言。那时我在念中学，写了许多东西，可能正在做校刊编辑。此前，我做过小牧师，在教堂的小讲坛上布道。只不过接的活越来越少,就不大去了。教会里有人说,我正在“淡出”；这说得对。

父亲突然打破沉默：“你喜欢写作，不喜欢布道，是吧?”

我大吃一惊,因为这是个真正的问题。我回答说“是”。

这就是我们的全部对话。想到这就是我们在一起说过的所有话，我心痛不已。

灵柩打开了，悼念的人逐一从过道前去向父亲的遗体道别。通常，家属会悲伤过度，需要人搀扶。我看到有人搀扶着姑妈走向灵柩。她裹着黑衣，浑身颤抖，遗体告别后，再由人搀扶着回到原位。我不同意非得要弟弟妹妹去道别，我是考虑到父亲去世带来的冲击，或者更确切地说，是死亡作为一个事实带来的冲击，已经是孩子所难以承受的，但我于这件事情的判断遭到拒绝，他们由人搀扶着走向灵柩，看上去茫然、胆怯而渺小。但在那时，他们身上还是有着英勇的品质。这与他们的沉默和凝重有关，与他们的无助有关。但是，他们的双腿似乎略微暴露了内心的真实感受；这既难以置信，又非常清楚，他们只有靠双腿支撑。

我不想独自走向灵柩，也不想别人搀扶，但我没有选择。一个执事带着我瞻仰了父亲的遗容。我敢说，父亲的遗容与生前的样子不同。白粉盖住了皮肤，我也看不出躺在灵柩中的父亲有何力量。他只是一个死去的老人。难以相信，他曾经给人带来过苦或乐。灵柩中充满了他全部的人生。在这条大街的尽头，他的妻子正抱着他新生的孩子。生与死，爱与恨，对与错，息息相关，向我诉说与人和人生相关的东西。但我不想听。

葬礼结束后，我和女友到市中心疯狂庆祝我的生日。同一时间，在布拉多克酒店大堂，一个黑人士兵为了一个黑人女孩，与一个白人警察打了起来。黑人女孩、白人警察（不管是否穿制服）、黑人男子（也不管是否穿制服），是这个酒店大堂常见的一道风景。这样的斗殴肯定也不是第一次发生。但是，这次斗殴注定引起前所未有的关注，因为斗殴的结果是黑人士兵遭枪杀。流言像长了翅膀一样飞满街头。一个即刻编造出来的别有用心的流言说，黑人士兵是背后中枪，他因保护一个黑人女性而死。事实当然有出入，比如，黑人士兵不是背后中枪，他也没有当场身亡，这个黑人女孩似乎已成为黑人女性这一身份的暧昧象征——就如白人女孩在佐治亚州惯常的遭遇；但是，没有人对事实感兴趣。人们更愿意相信流言，因为流言才充分表达和证实了他们的仇恨和恐惧。别忘了，这是人们的习惯做法。或许，世人信奉的许多传说，包括基督教的传说，在征服世界之初，靠的也是歪曲事实。在哈莱姆，这次斗殴的流言如同点燃的火柴扔进了油桶。黑人聚集在酒店外，越来越多，然后像潮水般拥向四面八方。哈莱姆骚乱了。

但是，黑人的骚乱没有越过贫民窟的边界。比如，往西边跨过晨光公园，往东边跨过125街的中央铁路轨道，对白人社区进行破坏，本来是相当容易的事情。他们主要的声讨对象似乎不是那个白人警察，而是某种潜在的真实，也就是白人的权力。1943年夏天的这场骚乱，主要是对哈莱姆的白人商业机构造成了破坏。当然，如果骚乱开始时白人的商业机构还在营业，可能会有更多流血事件。从布拉多克酒店，骚乱的人群沿125街东西两个方向前行，占据了莱诺克斯大道、第七大道和第八大道。这些大道及每一条主要的小街，如第116街、125街、135街，沿途的酒吧、商店、当铺、餐厅，甚至小吃店，都被砸开、遭洗劫，补充一句，这些洗劫注重的是速度而非效率。货架看起来就像是遭了炸弹袭击。装着豆类或汤液的罐头、狗粮、卫生纸、爆米花、沙丁鱼、牛奶，随地可见。

被抛弃的收银机、成箱的啤酒，懒洋洋地斜靠在碎玻璃窗之外，遍布街头。床单、毯子、各种款式的衣服，铺出了一条路，似乎是边走边丢。这次洗劫让我大开眼界，哈莱姆居然有这么多店铺。在我印象中，财富这个字眼第一次与哈莱姆相联系，就是我看见各种商品撒满大街小巷之时。但是，我对财富第一次的零星印象，立刻就被浪费的印象淹没。骚乱对任何人都没有好处。要是这些玻璃待在原位，要是这些商品留在店中，岂不更好。

这是会更好，但这也将是难以忍受的，因为哈莱姆需要一些东西被砸碎。要砸碎一些东西，是这个贫民窟长期的需要。大多数时候，是这个贫民窟的成员相互砸碎和砸碎自己，但只要贫民窟的墙还在那里，发泄渠道终会有堵塞的一天。比如那个夏天，在莱诺克斯大道上打一架，或在理发店咒骂一下自己的好友，这是不够的。如果说，哈莱姆的教堂、台球厅、酒吧中充斥着的暴力真的会以更直接的方式爆发，那么，哈莱姆及其住民很可能消失在像世界末日一样的洪水里。这不太可能发生，是出于许多原因，最为隐蔽也最为强大的原因是黑人与美国白人的关系。这种关系干脆禁止任何像纯粹的仇恨一样毫不复杂而又令人满意的东西。为了仇恨白人，黑人必须从心灵中抹除很多东西，这种仇恨本身变成一种内耗和自我摧毁的姿态。然而这不意味着爱来得容易：白人世界太强大、太冷漠、太容易令人受到无端的羞辱，最重要的是，太无知、太天真了。我们只有被迫不断限定，结果我们的反应总是相互抵消。正是这让许多的白人和黑人疯狂；我们总是处于两难的位置，必须选择接受截肢还是坏疽。截肢纵然快速，但时间或许会证明，截肢没有必要，或者可以尽量推迟截肢。坏疽纵然缓慢，但不可能保证我们能正确识别自己的症状。作为一个残废度过一生，这是令人难以忍受的想法，同样难以忍受的是，人生如同坏疽一样在痛苦中慢慢地肿起来，充满了毒液。最终的麻烦是，即便不存在选择，危险还是真实存在。

“至于我和我家，”父亲说过，“我们必定事奉耶和华。”当我们将他的灵柩送往墓地时，我在想这句经文对于他是什么意义。我听过他用这句经文做过多次布道。我也曾经用来布道过一次，并且自豪地给出了一个不同于父亲的阐释。现在我想起来了，父亲和我好像是在去主日学校的路上，我默诵着经文：若是你们以事奉耶和华为不好，今日就可以选择所要事奉的：是你们列祖在大河那边所事奉的神呢？是你们所住这地的亚摩利人的神呢？至于我和我家，我们必定事奉耶和华。我怀疑这些熟悉的经文里有此前于我而言从来没有过的意义。父亲布道过的经文和雅歌，以前我认为无意义，他去世之后，如同空瓶子摆在我的面前，等待我去盛满生命将会给予它们的意义。这是他的遗产：什么都逃不掉。在那个凄凉又难忘的早上，我仇恨那些令人难以置信的街道，仇恨把街道搞成那个样子的黑人和白人。但我知道，这种仇恨是愚蠢的，正如我父亲会说，这种痛苦是愚蠢的。应该继续紧紧把握那些重要的东西。这个死者重要，那个新生命重要；肤色是黑是白不重要；认为肤色重要，等于默认了自己的毁灭。仇恨能够摧毁许多东西，一定会摧毁心怀仇恨的人；这是不易之理。

现在想来，我们的头脑中必须永远保有两个看似对立的观念。一个观念是接受，完全没有怨恨地接受生活的本来面目，人的本来面目。根据这个观念，不用说，不义是寻常之物。但这并不意味着我们就可以漠然，因为另一个观念具有同样强大的力量：在我们的人生中，绝对不要把不义当作寻常之物来接受，而是必须全力与之做斗争。这场斗争始于内心，现在，它要由我来负责，让我自己的心灵摆脱仇恨和绝望。这种暗示使我的心情沉重：我多么希望，父亲一直在我身边，这样我就可以从他的脸上找到答案；如今，父亲已逝，只有未来才会给我答案。

# 第三部分

## 相遇塞纳河：当黑色遇见棕色

在今日之巴黎，美国黑人要在演艺界出名，可比三十年前谣传的那样要困难得多。一方面，人们已经不再用鞋子喝香槟[1]，色彩轻佻的一千法郎钞票也不像20世纪20年代那样既有弹性，又可以随便花。现在，在巴黎的艺人和歌手必须努力工作，才能有大获成功的风光。见证了这种永远诱人的可能性，那些地位不可撼动的明星艺人，如艾灵顿公爵[2]或者路易斯·阿姆斯特朗，偶尔也会来次巴黎。有些野心勃勃的追随者已经或即将大获成功；有些获得的名声尚待在美国接受考验。几个音乐

1 用高跟鞋喝香槟的做法据传源于俄罗斯，20世纪初传入美国引发风潮，在20世纪二三十年代，已成为流行文化的时代符号。

2 爱德华·肯尼迪·艾灵顿（Duke Ellington，1899—1974），美国著名作曲家、钢琴家。曾十三次获得格莱美大奖、普利策奖、美国总统自由勋章、法国骑士勋章；2008年，成为美国硬币上第一位非洲裔美国人。

季之前，戈登·希斯在百老汇的戏剧《根深蒂固》中演过一个身陷重围的士兵，这个角色会为人铭记，现在每天晚上，他在修道院大街自己的夜总会里演唱民谣。近日来到巴黎的人，迟早会发现“切兹伊内兹”，这家位于拉丁区的夜总会是一个名叫伊内兹·卡瓦洛的歌手开的，招牌是炸鸡和爵士乐。正是在这个夜总会，许多无名的艺人初次登台，此后即便并非总是会越来越成功，至少从这里走向了其他夜总会，可能签到一份春夏期间到里维埃拉海滨度假区去巡演的合约。

一般来说，只有黑人艺人才能与其他黑人保持有用的、毫无疑问的伙伴关系，而他们那些不从事表演的有色人种同胞相较于常人而言更加隔绝。必须承认，他们的隔绝是故意为之。据估计，巴黎有五百个美国黑人，大多数是退伍军人，他们获得军人安置法案中提供的资助，留在巴黎学习。他们所学的东西什么都有，从索邦大学标准的法国文明课程[1]，到变态心理学、脑外科手术、音乐、绘画和文学。他们之间的相互隔绝不难理解，只要我们记住这条美国房东们绝不会质疑的真理——只有把黑人放在一起，他们才会快乐。那些被迫离开美国的贫民窟，以打破这一模式的黑人，不仅仅经历了社会和身体意义上的告别，而且突然陷入残酷的心理战争。这是完全不

1 原文为法语。

可避免的，过去的羞辱，既与传统的压迫者有关，也与传统的亲人有关。

因此，看见一张来自家乡的面孔，不一定是快乐的源泉，也可能轻而易举就变成尴尬或愤怒的源泉。巴黎的美国黑人最后被迫采取美国人很少实践的一种不民主的歧视，即一个个地判断他的同胞，将他们进行区分。通过这种有意的隔绝，加上巴黎的黑人本来就不多，最主要是他自己压倒性的需要是被人遗忘，巴黎的美国黑人近乎成了看不见的人。

巴黎的美国黑人对待黑人同胞的这种谨慎，是他对待其他美国人的那种谨慎的自然延伸。可以肯定，起初他对法国人抱有不切实际的希望。一般来说，他的美国白人同胞没有能够合理解释他的恐惧，部分原因是社会氛围并不鼓励流露种族偏见，部分原因是他们意识到自己是文化大使，最后我还认为，是因为他们本人绝对欣慰，可以不再被迫按照肤色的逻辑来思考。但是，当巴黎的美国白人和美国黑人相遇，还是很可能出现尴尬甚至丑陋的局面。

美国白人看待他的黑人兄弟，是借助一辈子的条件反射创造出来的扭曲镜面。他习惯性地认为对方是贫困而值得帮助的殉道者，或者是由节奏韵律铸就的灵魂，但是，在离家万里之外见到这个陌生人，他还是感受到强烈的威胁。无论他的智力如何姗姗来迟地叫嚣，起初他本能地认为，这是对他个人荣誉和善意的反省；与此同时，带着美国人特有的讨人喜欢的慷慨，既和蔼又不安的性格，他愿意与同胞建立交流和同情。“你对这个怎么看?”他会想问，“这个”可以指任何东西：俄罗斯人、贝蒂·格拉布尔或协和广场。这里的问题是，任何尝试性抛出的“这个”话题，可能突然充满紧张的矛盾，给双方制造出令人难以忍受的危险气氛。

另一方面，限制了美国白人流露情感的那些条件反射，美国黑人同样具备，因此他学会了预判：对方一开口，他就料到会说什么话。早在到巴黎之前，美国黑人也有时间思考，把他在美国的地位归咎于任何同胞，或者希望告诉他们他的任何经历，这样做既绝对无效，还代价昂贵。因此，美国黑人和美国白人不会讨论过去，即使讨论，也是一阵风似的，戒备重重。相反，双方都很愿意——事实上也是相当聪明的做法——大谈特谈对埃菲尔铁塔的感受。

谈论埃菲尔铁塔，自然老早就不再能够吸引法国人的注意力。法国人认为，所有从美国来的黑人，嗓音都很洪亮，脚步都很轻捷，心灵中有难言的痛苦伤痕，即便法兰西共和国的全部光荣也不足以使之愈合。这种充满义愤的大度也带来了问题，语言和习俗的差异带来的问题没那么容易消除。

欧洲人往往回避这种真正巨大的混乱，这种混乱可能来自他们想要理解美国四十八个州[1]之间的相互关系。他们宁愿相信电台、报纸和电影提供的信息，宁愿相信据说能描绘美国生活的轶闻，宁愿相信美国人持续制造的神话。结果就是，在交谈中，像是看到一个人被绝对忠实地复制出来的后院，只不过从这样的视角看来，它变成了一个从未见过或去过的地方，甚至变成了从来没有存在过，也永远不可能存在的地方。对欧洲人问的许多困难问题，美国黑人只能点头称"是"，却否认他的回答似乎指向的结论。他现在意识到，他的过去不只是绳子、篝火和屈辱，而是一些更加复杂的东西。正如他痛苦地想，"这是比那些还要糟糕的东西"。同时，他非理性地觉得，这也是一些更好的东西。正如指责美国白人同胞徒劳无益，现在，被当成牺牲品获得怜悯，接受现成的同情——由于不承认他是美国人，这种同情也有限——同样令美国黑人感到屈辱。用另一种语言，他发现自己陷入同样古老的战斗：为自己的身份而战。接受他是美国人这一现实是至关重要的事，关乎其完整性和最大的希望，因为只有接受这一现实，他才能够指望对自己或他人表达他独特的经验，并放飞长期处于匿名和遭到囚禁的心灵。

在巴黎的美国黑人，当遇到来自法国殖民地的黑人学生时，其身份地位的暧昧被映衬得更加鲜明。至少从

---

1　本文发表于1950年，当时美国只有四十八个州，阿拉斯加州和夏威夷州是在1959年加入的。

美国黑人的视角来看，法裔非洲人来自的地区及其生活方式，都是相当原始的，在那些地方，剥削的方式更加赤裸。在巴黎，非洲黑人的地位显然有些尴尬，是那种殖民地之人的地位；他在那里过着无形而危险的生活，犹如一个刚刚突然连根拔起之人。他的痛苦不像美国黑人，因为他的痛苦不可能如此阴险地针对自身。在不那么遥远的地方，他有一个家园，他与家园的关系或责任异常清晰：他的祖国要么必须给予其自由，要么必须夺取其自由。这种痛苦的抱负为他殖民地的所有同胞共有，他与之有共同的语言，他没有任何愿望要回避他们；事实上，没有其他同胞的支持，他会迷失于巴黎。他们成群结队地生活，比邻而居，住的是专门为学生提供的旅舍，尽管在巴黎的美国黑人看来，那些旅舍条件简直无法忍受。

但是，美国黑人看到的不只是非洲黑人学生的贫穷，更是欧洲生活水平和美国生活水平的巨大差距。所有生活在拉丁区的非洲黑人学生，都住在非常古老、看上去很险恶的旅舍；他们被迫不断地做出选择，到底是抽大烟还是吃奶酪当午餐。

的确，在巴黎的美国黑人看见的贫穷和愤怒，肯定与欧洲有关，而非与美国有关。但是，当他一闪念想要归国还乡——家乡的风景至少熟悉——他的血液就开始奔涌，心跳如同最令人鄙视的鼓声，心里回荡着他还没能适应的来自过去的回声，提醒着他还没法面对的责任。他开始估算，在美国漫长的羁留中，他有多少得失。他面前的巴黎非洲黑人遭受了贫困、不义和中世纪般的残酷，但这些黑人没有与同胞和过去彻底隔离。巴黎的非洲黑人的母亲不用唱“有时我觉得像一个没有妈妈的孩子”，他们终其一生都不用为渴望得到某种文化的接受而痛苦，某种认为只有直头发和白皮肤才是唯一可以接受的美的文化。

在巴黎，美国黑人和非洲黑人隔着三百年的鸿沟对视；这条鸿沟太深，不是一个晚上的善意可以克服的，相互的隔膜太沉重、太暧昧，不能用话语包容。这种隔膜让美国黑人认识到，他是杂种，不仅是生理意义上的杂种：在生活的各个方面，他都显露出拍卖台的记忆和幸福结局带来的影响。在美国白人身上，他发现自己的紧张、恐惧和温柔被用更高的音调重复。他第一次隐约开始认识到他们在彼此的生活和历史中所扮演的角色性质。现在，他是他们的骨中骨、肉中肉；他们相爱相恨，相互迷恋，相互恐惧，他的血在他们的土地里。因此，他不能拒斥他们，他们也不能和他分离。

巴黎的美国黑人不能对巴黎的非洲黑人解释，他身上似乎必然缺少的男子气概、种族自豪感，不能解释他自怨自艾的宽恕能力。很难说他是否在寻求主动放弃他作为黑人的与生俱来的权利；但是，恰恰相反，他要努力去承认和表达的正是这种与生俱来的权利。或许，他现在意识到的是，在和他的过去建立关联这方面，他是最典型的美国人；总之，与自己和自己的同胞之间的这种深不见底的隔膜，正是美国人的经验。

但是，有一天，他会再次面对家乡；老实讲，他也不会期望发现翻天覆地的变化。诚然，在美国，表面上永远在变化；美国如同一栋著名建筑的立面，每一代人对它报以越来越短暂的喝彩，却给它添加了越来越多炫目的装饰。但是，贫民窟、焦虑、痛苦和内疚，继续滋生难以形容的矛盾情结。时间终将带给美国人的是他们的身份。正是在这危险的航程中，在这同一条船上，美国黑人将与自己达成和解，将与他之前无声的千千万万的逝者达成和解。

## 身份问题

巴黎的美国留学生群体是一个无定形的社会现象，需要进行总结，但又抗拒总结。我们并非找不到足够的东西可说；我们可以找到太多可说的东西，但发现每样东西都矛盾重重。我们最想知道的是，美国留学生到巴黎来寻找什么：对于这个问题，咖啡桌边有多少面孔，至少就有多少答案。

人们认为他们的共同之处是他们的部队经验，但这并没有像人们所希望的那样，给这个问题带来充分的启示。一方面，人们一经思考，就不可能断言共同经验的存在。一经思考，就会发现很明显没有那样的东西。那种经验是个体的经验，很大程度上是难以言说的事情。这一点或许是巴黎的美国留学生群体都能做证的首要事实，尽管他们全都摆出一副高深莫测的面孔。这似乎也在暗示，还有令人更加不安的可能性，就是这种经验可能毫无意义。我们暂且撇开含蓄的猜测，完全承认，无论这种经验对他们是否有意义，无论其在过去、现在或将来能否产生影响，关于他们到巴黎来寻找什么的问题，依然没有一个人给出言之成理的答案。而且，部队经历并不必然意味着战斗经历，因此，美国留学生群体的共同之处就减缩为这一点——他们全都穿过一段时间的军装而已。这其实是他们那一代人的共同之处，他们那代人的大多数并不在巴黎，或者说在欧洲。因此，从一开始我们就不能这样认为，认为穿上那身没有个性的军装，或者说经历过战斗的冲击，就足以导致他们离家出走。我们将这些身份各异的留学生归为一类的最好方式，就是不予评论地接受他们都有部队经历这个事实，不用追问这种经历有多丰富；进而暗示，由于他们都在巴黎，所以他们构成了有些出乎意料的小群体。不像他们大多数的战友，战后都欢快地回家了，他们选择留在欧洲，置身的环境和人群与他们熟悉的有天壤之别。显然，至少出于某种原因，他们愿意忍受巴黎恶劣的水暖系统、公共浴室、陈旧市容和卫生条件。他们在追求某个目标，这一目标很神秘，难以说清，只好随意用“来学习”搪塞。

说随意，是因为无论这个退役的美国大兵学习得多努力，人们都很难相信他只是为了学习才背井离乡。一般说来，他在巴黎学的东西在美国也能学到，美国的环境还舒服得多（我们暂且只谈学习比较认真的留学生，至于那些镀金者，稍后再说）。比如，绘画似乎是来巴黎学习的最佳专业，但你看看周围，学习绘画的人不是跟毕加索或马蒂斯学习，他们师从的对象，就才华而言，在美国也应能找到。这些老师像美国的老师一样严格地要求他们，而他们仍旧像在美国读书时一样半信半疑地接受教导。也不能说，他们在巴黎画的油画就比在华盛顿广场或在纽约下东区冷水公寓见到的油画更让人感兴趣。相反[1]，很可能，纽约东区比巴黎蒙帕纳斯还多一些优势，尽管后者的灯光之美名副其实。如果我们暂且把学习绘画的美国留学生——纯粹是因为其数量众多——当成最近似于"典型"的留学生，我们发现，他来到巴黎的动机根本不明确。我们只好认为，诱使他来的是巴黎的传说，而且往往是最庸俗、最肤浅意义上的传说。可以肯定，他的动机不是对法国传统的热爱，无论那种传统在他心目中可能是什么，因为他自身没有传统，所以他没有能力应付其他民族的传统。他的动机不是对法语的爱，除了实在难免要说法语的场合之外，他根本不说法语。他的动机也不是对法国历史的爱，他对法国历史的了解比对美国历史的了解还少。他的动机不是对丰碑、教堂、宫殿、神庙的爱，因为他没有与之相关的经验

1 原文为法语。

帮助他了解这些东西，就算他对这些有一点点兴趣，也只会同游客一样走马观花、心存疑惑。他的动机甚至不是对法国人特别的敬仰或同情，或者说，至少还没有强烈到能忍受与之真正打交道的重负。在美国时，也许他很欣赏法国电影，在这种情况下目睹法国的现实之后，他有些觉得自己上当了。比如，马塞尔·卡尔内[1]的电影画面，恰恰因为过于精致，所以不可信。肮脏的法国旅舍房间，在电影镜头的作用下栩栩如生，充满异域风情，令人叹为观止，因为距离使然，显得浪漫美丽。但是，只要是你住进去，而不是著名影星让·迦本[2]住在里面，它立马发生翻天覆地的变化，完全与浪漫无关。简单说来,这是理想和现实的区别。我们不会主动追求这种区别，我们只会说，把这个学生带到巴黎的原因是如此浪漫和缺乏逻辑，但事实上他来到的只是他想象中的巴黎。因此，他似乎不顾现实的冲击，很长一段时间以来都拒绝承认巴黎的现实，只是抓住他对巴黎的想象不放。或许正是这个原因,长期以来,巴黎才没有在他身上留下痕迹；或许也正是这个原因，当现实和梦想之间的矛盾难以承

1　马塞尔·卡尔内（Marcel Carné，1909—1996），法国电影导演、编剧。法国诗意现实主义的代表人物，善通过造型、影像构图、光线明暗营造气氛。

2　让·迦本（Jean Gabin，1904—1976），法国著名演员。主要作品《雾码头》（*Quai des brumes*）由马塞尔·卡尔内执导，在片中饰演一名在殖民地服役的法国逃兵。

受，许多人会崩溃，或赶忙乘船回家。

据说，在巴黎，每个人都会丧失理智，道德迷失，至少会发生一个爱情故事[1]，到任何地方去都不准时，对清教徒嗤之以鼻。总之，在巴黎，所有人都沉醉于古老而美好的自由气息。这种传说，以传说的形式，有许多迹象做证，所以看清它是如何开始的一点也不困难。正如所有的传说一样，巴黎的传说也有局限性，毫不夸张地说，其体现于无法长存，体现于只指涉过去。因此，或许并不令人惊奇，巴黎的传说似乎与巴黎的现实生活本身，也就是与本地人的生活毫无关系；无论是这个城市还是传说，都属于巴黎本地人。巴黎传说的魅力，证明它能够战胜难以想象的法国官僚主义作风，战胜脾气古怪的门房[2]，战胜肮脏公寓的变态房租，战胜生活的种种不适，甚至能够战胜体现在法国政治生活中和法国人脸上的混乱与绝望。而且，这种传说把外来人遭受的种种不便，更别说许多当地人所遭受的宿命般的极度痛苦，置于别具一格或荒诞不经的温柔光影里。最终，外来人完全有可能迷恋巴黎，而对法国人完全冷漠甚至充满敌意。同样，似乎丝毫不受巴黎传说影响的巴黎本地人，完全有可能不知道外来人的生活。他带着坚不可摧的礼

1　原文为法语。

2　原文为法语。

貌[1]面具，用难以形容的直白方式，把外来人明白无误地挡在一定的距离之外。尽管这样的外来人不多，但事实上很不幸，如果他真的渴望了解本地人的生活，本地人也不会让他进入。巴黎本地人对于任何外来人的生活或习惯，也丝毫没有任何兴趣或好奇。只要外来人遵纪守法——毕竟大多数人都有足够的办法做到——哪怕他倒立行走，本地人也不会在意。本地人这种傲慢的冷漠气息，这种气息对外来游客难以预料的影响，使巴黎的氛围显得更加迷离，更别说它对巴黎的景象带来的刺激效应。

可以说，巴黎的美国留学生处于社会的一种边缘状态。他获得了不负责任的自由，他感激地拥抱这种自由。同时，因为他是美国人，所以他也被赋予了权力，无论他是否喜欢，无论他选择认同，还是抗拒。尽管任何国家的留学生在巴黎都获得了不负责任的自由，但似乎很少像美国留学生一样如此迫切需要这种自由。自然，并非所有人都带着同样的权力光环前行，这种权力光环在他人的心目中制造出溢于言表的焦虑、惊奇和怨恨。对于美国留学生来说，这是巴黎自由生活的“圈套”：他在这里变成了远游归来的浪子，欧洲的未来也许就掌握在他手中。因此，他突然发现自己的与众不同；没那么孤独

1 原文为法语。

的情感也许不会构成相当痛苦的困境。但美国留学生希望自己是个人物，受人喜欢，只不过，这种隐而不彰的优越感对他来说绝对有意义，在欧洲人眼里却毫无意义。他希望欧洲人不要把他与马歇尔计划、好莱坞、美元、电视或参议员麦卡锡混为一谈。但在天真得让人着急的欧洲人眼里，他当然不能与美国纷繁的现象切割，他们认为他是愿意，也有能力澄清美国问题的。天真的欧洲人似乎在说，如果你这个美国人都不能回答，试问天底下谁还能？这时，他下意识地尽量逃避的东西终于浮出水面，刺穿了与巴黎的蜜月。也就是说，就在这时，他从巴黎传说的梦中醒来，发现自己置身于一个真实而困难的巴黎。这时，巴黎不再是遵循着波希米亚式生活方式[1]的城市，它与欧洲别的都市无异。这时，或许有人会说，巴黎的传说产生了致命的恶果，也就是说，巴黎的自由可能击昏了异域来的游子，他现在渴望家园的牢笼，因为家园可以回避那些问题。

梦醒之后，许多留学生收拾行囊回家。一个急于拥抱优雅的欧洲、想方设法逃离美国主街上粗野生活的年轻人，在不到一年的时间里，梦想和态度就发生了转变。毫不夸张地说，这令人震惊。他与巴黎短暂的蜜月已经结束，似乎迫不及待要回到故土。故土依然鄙俗，但突

1 原文为法语。

然之间，变得淳朴和充满活力。就像差点掉下无底深渊的人，他告诉你，他巴不得立马离开，在他成熟的眼光看来，巴黎衰老肮脏，摇摇欲坠，死气沉沉。当初，他抵达勒阿弗尔港口时，他眼里的法国人继承了世界上最丰富的文化，拥有着世界上最宽广的心灵[1]，但现在，他认为法国人堕落、贫穷、自私、虚伪，毫无美国人的率真，毫不感激美国人的恩情。现在，只有美国才有生命力，只有美国人在艺术领域、在人类活动的各个领域做着值得一提的东西：未来只属于美国。就在昨天，他要是说喜爱美国的东西，还被人怀疑是无可救药的沙文主义者，但在今天，要是说欧洲并不是一团全黑，就会有人怀疑他背叛美国。他热烈拥抱美国的心情是尴尬的，不只是因为他还没有做好准备，效仿他那值得尊敬的榜样，还因为不可能不令人怀疑，他现在拥抱美国，与他先前拒绝美国的原因一样，同样是由于浪漫，同样脱离现实。毕竟，毫无批判地拥抱文化僵死的美国主街，和毫不留情地对之进行批判，都同样容易，也同样毫无意义。这两种激进的态度都回避了一个问题：美国主街的文化是否真的僵死空洞？事实上，也都回避了关于美国主街的任何问题，这也正是激进态度的主要便捷之处。在一片嘈杂的应和声中，要想听到成熟之人的隐约回声，纯属

1 原文为法语。

徒劳。任何东西，如果你拒绝质疑它，你就完全不可能对它保持乐观；对于无法借助想象化为你自身的东西，你注定词不达意。这个突然对美国表示乐观的留学生，不过是改变了他天真的方式。他现在极有可能声称，他现在做好了准备，要拥抱他的责任。“责任”这个语词，鉴于他对经验的极端敌视，似乎退化成了一种新的、相当危险的轻浮。

但是，这个打道回府的留学生，只不过是选择了最宽广的大道逃逸。那些留在巴黎的学生，大多数走上了更迂回、更隐蔽的小道——如此隐蔽，以至于他们最终迷失自我。

在这个群体中，我们经常发现这样的留学生，他在法国的生活似乎如鱼得水。他在学习——学习法国艺术、法国戏剧、法语或者法国历史，这是他留在巴黎的最重要的理由。他不再嚼口香糖，不再穿T恤，不再留平头。要千方百计劝他，他才去看美国电影。很显然，他真的在学习，以至于他出现在咖啡桌前，从来不会被当成轻浮的证据，而只是证明他有令人景仰的激情，学习法国的风俗。我们认为，他已入乡随俗，像法国人一样生活。但是，这种想法立刻受到挑战，因为我们怀疑，在巴黎，没有一个美国人能够像法国人一样生活，即便我们能找到有那样愿望的美国人。这个留学生寄宿在法国人家，和他们讲法语，但他有自己的生活，独自做饭吃饭。有些留学生不知道，但他知道，巴士底广场[1]不再是监狱了。他阅读过或正在阅读拉辛、普鲁斯特、纪德、萨特，甚至一些不知名的作家，读的自然是法文。他经常去博物馆，他认为阿莱缇是世上最漂亮的女人，最优秀的女演员。他的世界似乎已经变成了法国世界：他不愿意承认别的世界。这深刻影响了他的说话风格。我们惊奇地看着这个留学生，带着些许惭愧。他从欧洲经历中，神奇地获得了这种经历能够给他的一切。他肯定与法国人有往来，不会浪费在巴黎的时间与那些他很可能在美国碰到的人交谈。他的朋友是法国人，在班里，在小酒馆，在大街上，当然在家里也是——只是我们有时候不由得好奇，他们到底有什么共同的话题。我们的好奇会激增，在寥寥几次交谈中，他会屈尊使用英语，这时我们发现，除了一些生动的细节，他对巴黎生活的了解似乎并不比在国内的美国人更多。他的朋友们似乎毫发无损地从 19 世纪跃入 20 世纪，对他们自己国家的任何挫折都毫不泄气。事实上，这使得他们成为一个值得注意的圈子。但是，我们要是想发现关于他们的更多东西，注定是徒劳。

---

1　巴士底狱始建于 14 世纪，建成初期作为军事城堡投入使用。1789 年 7 月 14 日，巴士底狱被奋起反对法国王室专制的巴黎市民摧毁，现原址已被巴黎市区东部巴士底广场（the Place de la Bastille）的七月革命烈士碑所取代。

我们的印象是，他们的话题局限于法国的酒、爱情的俏皮话、法国历史和巴黎的荣光。他们的心智明显很狭隘，正与他们对友情的令人困惑的定义相配；他们心目中的友谊似乎并不包括沟通，更别说对亲密关系的暗示。总之，因为这个适应能力极好的留学生与他现在如此极力崇拜的法国人之间的关系，只是基于他不愿意被他们赋予任何人的属性，而在美国的时候，他的同胞总是将他和某种人的属性混为一谈；又因为他夸口对法国历史的理解，不过是学术界的陈词滥调，与他的想象无涉，所以，他沉浸于法国生活的程度，最终给人的印象是流于表面、矫揉造作，甚至自以为是。他热烈拥抱欧洲，最奇怪的一点是，这看起来不过是保护他作为一个单纯的美国人的手段。他把自己放进习俗的保险箱，拒绝看巴黎的任何事物，除非要罩上金光。因此，他被保护起来，远离现实、经验或变化，他成功地把他不想省察的价值观念置于不受败坏之处。甚至,他众多的法国朋友也帮助他这样做，因为，毕竟谁也不想与暴民为友。这些法国人只是一堆面孔，只是他浪漫幻想的见证。

前一类留学生信奉美国，后一类留学生信奉欧洲，这是两个极端。正如我们试图竭力指出的，这两类人都与巴黎的现实完全脱节，更别说对巴黎有爱。在这两个极端之间，还有更多的层次，在此不妨一提。在欧洲的美国人处处都面对身份问题，这或许可视为解开讨论他时遇到的所有矛盾的关键。可以肯定，关于巴黎的美国留学生群体，我们找不到别的共同之处。的确，这就是他们全部的共性，他们相互区别，靠的是他们与自身的困惑是否达成和解。这个巨大的问题，在美国不大被提及，在欧洲的氛围中，却像病菌一样复活，疯狂地生长，取代了先前的确定身份，制造出完全没有料到的矛盾和迷茫。而且，身份问题不只属于一些人，也就是说，不只属于那些研究思想观念的人。每个人都面临这个问题，每个人都发现自己没有做好准备。身份问题具有不容易回避的含义，极力回避会造成灾难。比如，那个很适应巴黎生活的留学生，要是他习俗的保险箱破裂，可能发现自己被抛入镀金族的行列中去。而留学生中的镀金族，构成了巴黎景象中壮观的一部分，以至于巴黎本地人惊呼“真正的美国人[1]”时，脑海里首先浮现出来的就是他们。这个群体中的大多数，或多或少在个人的层面上，极力抛弃或掩饰自身的经历，这些经历最终成了强制清理的瓦砾。他们抛弃了以前的铸造方式，也就失去了相应产生的形状；遗憾的是，他们又没有找到新的铸造方式。他们拒绝了美国社会的局限性，这并没有让他们在别的社会自由生长。因此，他们还是有梦想。他们还没

1 原文为法语。

有被“社会不过是由局限性构成的完美迷宫”这种观念败坏。他们被巴黎有两千年历史这个幻象迷住，但他们没有注意到，巴黎人也有那么长的成长史，因此，一个人不会因为有了一个巴黎地址，就变成了巴黎人。这个波希米亚式的小团体，就像福音教派一样一心一意，通过残暴的方式否认他们作为美国人的态度，反而证明了最典型的一个美国特性，即不能相信时间是真实的。正是这种不信，使他们对社会的性质抱有浪漫的想法；正是这种不信，导致他们对经验的本质完全困惑。看起来，社会是一个脆弱的结构，不值一顾，社会是被其他人设计，为其他人设计，经验不过是感觉，如此多的感觉像算术一样加起来，就成了丰满的生活。因此，他们丢失了他们勇敢出发去找寻的东西，也就是他们的个性。事实上，他们的个性没有了养分，很快就会消亡。他们最终达到了一种危险的程度，连他人的个性也不尊重了。尽管他们坚持认为，他们现在的无个性就是自由，但是可以看到，他们现在的自由不能忍受沉默或独处，为了其最基本的表达欲，必然会在咖啡馆之间像浮萍一样漂流。圣日耳曼大街是巴黎的美国留学生群体的中心，这里不但没有同化美国留学生，反而在春天、夏天和秋天的夜晚，变成了非常近似于纽约时代广场的复制品。

倘若这是我们在巴黎的美国留学生群体中发现的全部现象，那么，我们很难有勇气加以讨论。如果美国留学生在欧洲找到的只是身份困惑，显然，他留在美国要明智得多。但是，他在巴黎遇到的身份困惑中，一个隐秘的核心就是他盲目前去追求的东西：他与美国是什么关系，他与世界是什么关系。这个问题虽有着宏大而普遍的回声，但其实是私人的问题。美国留学生的身份困惑，似乎根源于这一近乎无意识的臆断：在评判一个人时，可以不管塑造他的那些力量。但是，这种臆断本身是基于我们的历史，美国的历史是整个民族的人彻底而自愿地与先辈决裂的历史。看起来，除了我们自己以外，其他人都再明白不过的是，这种历史创造出了前所未有的、有着独特过去的美国人。事实上，正是这种过去，把这个如此不安的角色强加给现在的我们。这种过去必须支撑着现在的我们，它存在于美国大陆，但在大西洋彼岸的欧洲，面对另一种过去的挑战，它却完全无法挽回。关于这种过去，其真相不在于它太短暂，或者太肤浅，而在于我们决绝地背弃了它，却从未向它索取必须给予我们的东西。在巴黎的美国留学生，最终不得不提出这种要求，否则，他没有身份，也没有理由留在巴黎，没有东西支撑他留在那里。从欧洲这个有利的视角，他发现了自己的国家。这个发现不仅终结了美国人对他的异化，而且第一次让他明白他对欧洲生活的参与程度。

## 巴黎的平等

1949年12月19日,我因窝藏赃物而被捕,入狱八天。事情的导火索是一个美国游客。我们以前在纽约见过两面,他要了我的名字和地址,说要来巴黎找我。那时我在巴黎刚生活一年多,住在巴克街一家阴气十足的旅舍顶楼。巴黎有许多这种旅舍,又暗又冷又丑。沉闷、潮湿、阴冷的大厅,黯淡的灯光,忙碌的女招待,吱吱嘎嘎的楼梯,整个旅舍散发出破落贵族之家的腐尸气息。店老板是一个法国老人,他原本优雅的黑色西服由于年深日久已变成墨绿色。要说他老糊涂了,甚至休克了,都还不够准确,因为事实上自1910年来他就不再吱声。他整天坐在光线诡异、装饰怪诞的大堂,迎接每一位穷困潦倒、形迹可疑[1]的住客。他严肃地颔首示意,无疑他在幽深的

1 原文为法语。

过去受过教导，这是店老板恭迎顾客的习惯。幸亏他的女儿，这家旅舍才没破产。这个坐在大堂织毛衣的女人头脑非常精明；她一本正经干脆利落地点头示意，就像手起刀落。据说她的老父亲三十年没有出过店门。这可能是事实，因为他看起来见到天光立马会死。

当然，我大多数时间都不在旅舍。自我住进法国的旅店之日起，我就理解法国的咖啡馆为什么必不可少。这样一来，要按地址找到我难度不小，因为一起床，我就信心十足地带上笔记本和钢笔到花神咖啡馆的二楼。然而在那里，白天喝了大量咖啡，晚上喝了大量酒，却写不出什么东西。没想到，一天晚上，在圣日耳曼大道附近的另一家咖啡馆里，那个纽约客和我不期而遇。只因为都在巴黎，我们立刻产生了幻觉，以为我们在过去美好的美国岁月里是好友。但这种幻觉稀薄得不够一起喝一晚上酒。我们离开咖啡馆时，天已很晚。临别前，他抱怨说住得不好，我就主动提出第二天在我住的地方帮他找房。他住在圣拉扎尔火车站附近的一家旅舍，据他说，*店老板*[1]是偷儿，老板娘是压抑的色情狂，女招待是“猪”，房费像抢钱。美国人总是这样议论法国人，所以我没有想到他会报复。我也没有想到他的手段会有严重的后果，不但严重，还很喜剧。

1　原文为法语。

初到巴黎时，我身上只有四十多美元，没有存款，不懂法语。没钱，语言不通，也许注定了要倒不少霉。这次事件算是倒霉透了。到巴黎不久我就明白，我还不懂法国人的性格。我知道法国人是一个古老、智慧、文明的种族。他们当然是。但我不知道的是，至少在 20 世纪中叶，这种古老的荣光也暗示今日的黯淡，更可能暗示今日的偏执。在人类事务中，智慧的作用有限；没有一个民族不为拥有文明而付出沉重的代价。当然，他们不能估算这种代价，但代价体现于他们的人格和制度。“制度”这个词，如同安全、秩序和常识，在我看来，有着愉悦的回音，因为在美国，由于制度的匮乏，我们遭了许多罪；一个人只有与制度打过交道，才能明白制度也会过时、恶化、绝情、残酷。同样，远远看来大度自由的人，只有打过交道才会明白，再大度的灵魂也会僵化，尤其对于外国人，再大度的灵魂也会充满古怪自大、尘灰密布的空间，不能住人。总之，必须与别的文明打交道，才能明白文明既不是社区的编篮子项目，也不是上帝的造物；文明这种东西本身既不可欲，也并非不可欲，它不可避免，不外乎是有记录的有形影响：人们必须经历的悲欢离合对于身体的影响。所谓的伟人，不过代表了悲欢离合之影响的另一种记录，哪怕完全违背他们的意愿，但他们与悲欢离合的短暂遭遇战使他们的人生更加丰富。

这个美国朋友搬到我住的旅舍时，出于一时的怨气，他把原来旅舍的一条床单装进行李箱。碰巧我借了这条床单，因为我的床单脏了，可女招待没有给我更换的意思。我把换下的床单放在大堂里，心里还暗自得意，这下可以提醒店家注意卫生问题。不过由于作息时间不同，我和这个重逢的朋友很少碰面。只是有一天我在楼梯间碰到他，我猜，我中午起床时他正好从外面回来。

12 月 19 日傍晚，我独自待在客房，盯着四壁，憧憬着即将到来的圣诞节，不禁黯然神伤。我至今记得，那时我差不多已山穷水尽，幻想着可以卖掉一些东西，幻想着能够收到一件圣诞礼物。可以说，在巴黎的那些日子，我置身如海的人潮，好像全都认识，但实际一个都不熟。许多人从我的生活轨道中消失了，因为比我有钱，我认为跟他们混，有吃白食的屈辱感；还有一些人从我的生活轨道中消失了，因为安于贫穷，他们坚称经历了一圈可怜的生活——肮脏的旅舍、劣质的食物、势利的门房和未付的账单——相当于生活大冒险。但是，对于我来说，这种生活大冒险不会很快结束；到底是生活大冒险先结束，还是我的生命先结束，这才是我心里真正的问题。这意味着，许多个夜晚，我独坐在客房，知道无法写作，但不知道该做什么，不知道去看谁。鬼使神差，就在那个晚上，我走下楼，敲开了我美国朋友的房间。

屋里多了两个法国人，他们自称是警察。我没有感到惊讶。在巴黎，我见惯了警察在最不可思议的时间和地点冒出来查证件[1]。这两个警察对我的证件不感兴趣。他们在找别的东西。我不知道那是什么东西，只知道与我无关。他们在和我朋友说话，我一头雾水。我以为他们在找黑帮分子。我没有加入黑帮，我知道我朋友是纽约黑帮，但巴黎黑帮与他道不同，所以我想这两个警察很快会办完差，说声"再见，先生[2]"。我至今仍然清楚记得，因为正好在那时，我急着想去吃饭，想喝一杯。我没有想到，接下来许多天，我没有机会喝上一杯酒，吃上一顿饭。等我再次有机会吃饭喝酒的时候，我愤怒的肠胃立刻把食物呕吐出来。

就在那时，一个警察突然对我有了浓厚的兴趣，他客气地问可否去看看我的房间。我说当然可以。我至今记得，一起上楼时，我们客气地寒暄起来，进了房间也没有打住。当然，除了寒酸凌乱，我的房间没有什么可看。这都是法国警察熟悉的景象，是他眼中不安定分子的共同特征，无论这群人什么年龄、种族、国籍、信仰或目的，巴黎都把他们定位为留学生[3]，有时更加讽刺也更准确地将他们定位为异端[4]。那个警察朝床边走去。我恍然大悟，在他迅速揭开我的床罩之前，我就明白了他要找的东西。

---

1 原文为法语。

2 原文为法语。

3 原文为法语。

4 原文为法语。

床单掀开后，我这才发现上面印着别的旅舍的花押字。这是我有生以来见过的最刺眼的红字。我的脑海第一次浮现出“偷窃”这两个字眼。当初我铺这张借来的床单时，肯定看到上面有花押字，可我从未多想。纽约的旅舍里，花押字随处可见，刮胡刀、香皂、浴巾上面都印有。在纽约住店，顾客带走旅舍的部分生活用品，也是常见之事。但是，我突然意识到，我从未听说过有带走床单的。那个法国警察黑着脸，默默地扯下床单，裹起来夹在胳膊下。我们走下楼。我知道坏了。

我们穿过大堂。显然，我和朋友是两个警察逮走的嫌犯。店老板和他女儿看着我们，没有出声。我们走上大街，正下小雨。我用法语问：“严重吗？”

我心想不就是一条床单嘛，还是旧的。

“不严重。”一个警察说。

“一点儿不严重。”另一个警察说。

听他们这么一说，我以为到了警局，挨一顿训斥，就可以出来吃晚饭。后来我才明白，他们说的不是假话，也不是故意要安慰我们。他们是实话实说。只不过他们说的是另一种语言。

在巴黎办事，一切都很慢。尤其与官方打交道，与你谈话的人，绝不是你想见的人。你想见的人要么刚去比利时，要么忙着和家人团聚，要么正好发现被戴了绿帽；他要下周二的三点或者当天下午某个时间才出现，也可能是明天才出现，也可能过五分钟就回来。倘若他过五分钟真的回来了，也会因为事太多，今天不能见你。因此，当我在警察局了解到，主管我们案子的人第二天早上才来，现在只能等待时，我并不感到吃惊。但我们不能去吃晚饭，再在第二天早上回来。当然，他们知道我们会回来，这不是问题。是的，没有任何问题：我们只需要在那里过夜。我们被关在一个鸡笼一样的牢房。此时大约是晚上七点，我放弃了吃晚饭的念头，开始想象第二天的中饭。

我劝我朋友不要唠叨，这样我可以想些心事。我开始害怕，千方百计压制住恐惧。我开始意识到，我在一个我一无所知的国家，落在一个我一无所知的民族手中。在纽约遇到类似情形，我知道怎么办，因为我知道对方的心思。我现在不是讲法治，像大多数的穷人一样，我从来不相信法治；我现在讲的是我必须打交道的对手的性情。在纽约，我很会揣摩对方的心思，因此只要可能，会尽量按照对我有利的方式操纵对方的反应。但这里不是纽约，我过去的武器派不上用场。我不知道法国人看我的时候看到的是什么。我很清楚美国白人看我的时候看到的是什么，这样一来，我会按照对方给我指定的角色，偷偷地改换一下剧本，因为我知道演戏对他们来说最重要，他们从来没有正视自己的心灵中为何需要我扮演那样的角色。我知道他们不会打电话给我家人，更不会抽出时间去摸清我的面目，因此，我每次进入险境，都是带着致命的、绝望的优势，痛苦地累积出认知、自豪和鄙视。这是在世间行走时必须携带的可怕刀剑和盾牌。在我玩的这种角色游戏中，我对自己施加的暴力，胜过这个世界在最残暴的时刻施加给我的暴力。正是发现了这点，我才决心离开纽约。这是一种奇怪的感觉，在巴黎住了一年多之后，在这种情形下，我发现过去的武器现在没有用了。

我很清楚，我落在法国警察手上，他们既不比美国警察好，也不比美国警察坏。当然，他们的警服都让我害怕。穷人总是十分敏锐地感觉到的冷漠和暴力的威胁，在那个警察局也有，正如对我来说，每个警察局都有。比如，我看到过巴黎警察怎么对付卖花生的阿拉伯小贩。在这里，唯一的区别是，我不懂这些人，不知道他们的残酷手段，不太清楚他们的性情，也就不清楚危险什么时候出现，不知道该如何躲避，不知道会因为什么而遇上。那天晚上，在警察局，我不是一个受鄙视的黑人。如果我表现得像受鄙视的黑人，他们只会嘲笑我。对于他们来说，我是美国人。正是在这里，他们才有信息优势，因为“美国人[1]”的标签给了他们一些期待，想从我身上捞点什么，而这种期待并非不切实际。为了不给他们那些

1 原文为法语。

令人啼笑皆非的期待提供证据，我什么都没有说，什么都没有做；这不是法国人的反应，无论法国黑人还是法国白人。我心底冒出来的问题，不是我是什么，而是我是谁。是什么可以用技巧勉强定义，是谁却需要资料才能佐证；这个问题第一次让我隐约感受到什么是谦卑。

第二天早上，仍然在下雨。在九点到十点之间，一辆黑色的雪铁龙警车将我们送到位于老城岛的巴黎警察总部。这是一栋气派的灰色建筑。我现在意识到，尽管押送的警察换了，但他们的回答同样让人宽心。这不是出于礼貌，而是出于冷漠，或者可以说是出于可笑的怜悯，因为他们非常清楚，没有什么能够加快或减缓我卷入的这部司法机器的运转。他们清楚我不知道，所以告诉我肯定也没有用。话说回来，我终究会被放出来，因为他们也知道，窝藏床单，罪不至死（他们在这方面也有信息优势，因为后来我有时对能否生还充满怀疑）。如果我没有被放出来，那只是运气太差。所以对于我的问题，“今天办得完吗?”一个警察答复“当然[1]”。他没有说谎。确实，当天录完了口供[2]。坐在警车里，我想还是现实一点，就打消了吃午餐的念头，开始想象晚餐。

到了警察总部，我们先是被关在一间狭小的牢房里，既不能坐，也不能躺。过了几个小时，我们被带到一个

1　原文为法语。

2　原文为法语，后文的“口供”也都为法语。

房间录口供。在那里，我第一次看到那条床单的主人。说是录口供，其实是受审。审问者的口气干脆利落，不带任何感情（这无疑会让受审者很快就把自己当成罪犯看），旁边有人在记录。口供结束后，我们签字画押。我们别无选择，哪怕我还不大会写法文。按照法国的法律，不允许我们跟外界接触。我们愤怒抗议，要求与美国大使馆联系，要求见律师，得到的是冰冷的答复，“好的，好的，稍后[1]”。然后我们被带回牢房。那条床单的主人碰巧从我们身边走过。他说祝你们好梦，然后诡异地眨了眨眼。

此时，只有一件事情是显而易见的：我们没有办法左右事件的进程，不可能猜到接下来会发生什么。在我看来，我认为的高潮“录口供”已结束，店主也拿回了床单，我们有理由期待过几个小时就会被释放。我们已被关了将近二十四个小时。我只知道，对我的正式指控是窝藏赃物[2]。我心里想着午餐和晚餐，又饿又累，快要晕了。我的朋友依然在唠叨，他想让我打起精神，但我觉得他的唠叨简直像是刀子要杀了我。我不断祈祷，千万别冲动，祈祷某种力量能把我们从这堆寒冷刺骨的石头中拯救出来。我开始想象狱墙外美丽的巴黎在发生什么。

1 原文为法语。

2 原文为法语。

我想知道，到底要过多久才有人突然问起，“吉米[1]去哪里了？他怎么好久没露面了”。我想了一遍认识的人，我意识到，即使有人问起，也得几天过去了。

那天傍晚，我们被从牢房带出来，铐上手铐，分头去见警官。我们穿过迷宫一样的台阶和过道，到了顶楼，取了指纹，拍照留影。正如我在电影中看到的那样，我背靠墙站立，面前是一架老式照相机。照相机后面的面孔，是我见过的最冷酷的面孔。旁边有一个人在念我的公开资料，我看不到此人。彼时彼地，我似乎就等于那些信息。他的声音丝毫没有人情味，哪怕是最卑劣的人类情感。他就像对着这个充满敌意的世界大声吼出我在宁静的午夜里也不会对自己说的秘密。他念了我的身高、面貌、体重、肤色（听起来可能奇怪，在美国，肤色往往成为我的救命稻草）、发色、年龄和国籍。接下来，闪光灯一亮，摄影师和我对视了一眼，好像都恨不得宰了对方。拍完照，我再次被铐上手铐，押至楼底封闭的大棚屋，里面挤满了从巴黎街道上搜刮来的“废物”。这里有老人，很老，朽木般的残躯，似乎真的证明时光有催人老的魔力——因为很显然，他们的生命不再是他们的私事，甚至不再是他们的负担，他们只是上帝拿捏过的泥块儿。有中年人，脸色是铅灰或燕麦般的淡棕色，眼神让我想起掺了有毒

1　吉米（Jimmy）为詹姆斯（James）的简称。

物质的变质法式咖啡[1]，身体机能只是进食、补液和排泄，不可能再做其他事情，除了午夜时沿着老鼠出没的河岸伺机强奸。有比我大六七岁的年轻人，他们比巴黎石还冷硬。有北非人，无论老少，他们似乎是这里唯一的活人，因为他们还有些许困惑，但他们的困惑不是因为被关在这间大棚屋，而是因为他们不再身在北非。这间棚屋的中间有一个大洞，那是公共便池。便池旁边（一个人也不可能离它太远）有一个白发老人在吃奶酪。可能就在那时，我头脑一片空白，也可以说，思维由生理机能接管了。我发现不敢开口，不是怕会哭，而是怕会吐。我不再去想外面美丽的巴黎，我的心飞回到逃离的家。我想我再也回不去了。我想，离家出走肯定是我玩过的最残酷的把戏，因为它引导我来到这里，到了我匪夷所思的低谷，比我在又恨又爱的哈莱姆看到的谷底还低，逃离这里很快就成为我人生最明确的方向。我在棚屋里关了大约一个小时，一个警员打开门，叫着我和我朋友的名字。这次我以为我终于获释了，但我再次被铐上手铐，出了警察总部。外面天黑了，仍在下雨。台阶前停了一辆大型警车，正对着我的车门敞开着。我的手铐被取下，我进了警车。这是一辆特制警车，中间有一条狭窄的过道，两边有很多扇小门。小门后是小隔间，小隔间的另一侧

1　原文为法语。

又有扇小门，通向另一个小隔间，一共有三四个小隔间，每个小隔间都是独立的空间，上了锁。我被关在其中一个小隔间，头上有一个小孔，透进来微光，门外反锁上了。我不知道到哪里去；警车开动时，我止不住掉泪。我想我是哭着到了巴黎十二公里之外的弗雷讷监狱。

我搞不懂，为什么名字最后一个缩写字母是“A、B、C”的囚犯总是会被送到弗雷讷监狱；其他囚犯则送到监狱名称在我看来相当讽刺的“圣人”监狱。显然，我没有资格住“圣人”监狱，但看起来熟悉那里情况的犯人告诉我，那里的日子比弗雷讷难过许多。直到今天，我还有着强烈的好奇心，想知道“圣人”监狱到底是什么样子的。我的共犯，他名字的最后一个缩写字母排在字母表后面，所以送到了那里。老实说，他刚走我就开始想他。我想他，因为他不是法国人，因为他是这个世界上唯一的证人，证明我的故事是真的。

如果没有他做证，我讲的床单案件[1]，只会引来狂笑或质疑。到了监狱，鞋带、皮带、手表、钱、证件和指甲刀都被搜走。牢里很冷，窗户漏风，厕所失修。我和六个狱友同住。说实话，头三天和我同住的狱友，没有一个人犯了严重的罪行，或者说，至少在我眼里犯的并不是严重的罪行。我记得有一个小孩，他从不二价商店[2]偷了

1 原文为法语。

2 原文为法语，法国专售廉价商品的商店。

一件针织毛衣，大家都认为，他可能会被监禁半年。有一个年岁比较大的人，也是因为一点小偷小摸就被抓起来。还有两个北非来的，很活泼、野蛮、帅气，他们有时高高兴兴，有时哭哭啼啼，不是因为坐了牢，而是因为牢里待遇差。狱友中间没有人像我这样因被捕而气愤；他们认为，正如我也该如此认为，被捕不过是在这个非常肮脏的世界里发生的一件不幸的事情而已。尽管我自以为习惯了用锐利的冷眼看世界，但事实上他们对世界的态度更现实，也更正确。我现在只要有所亲近的表示，我们的距离就可能不复存在；但在接下来的一天半里，我们的距离越拉越大。我没有做任何亲近的表示，因为他们吓到了我。我不能接受监禁是事实，哪怕是暂时的事实。我不能接受现在这些狱友是我的同伴。当然，他们感觉到了这点，他们将此归因于我是美国人。这不无道理。

在监狱里，整日无所事事。看起来我们会接受审判，但没有人知道是何时。早上七点半，我们被一阵敲打声惊醒，我记得被敲着的那个地方应该是叫“窥视孔”，看守可以通过这个牢房门上的小孔查房。我们睡在只有一条薄毛毯的草铺上，听到敲门声，就一骨碌从地上爬起来。我们走到牢房门口，透过门上的小孔可以看到监狱的中庭。我还记得这是三层高的监狱，由灰色的石头和炮铜色的钢铁建成，就像我在电影里看到的监狱的样子。

只不过在电影里，我不知道监狱里很冷，不知道鞋带和皮带搜走后，一个人就会奇怪地消沉。他必须拖着脚走，必须手提裤子，这样就变成了碎布做的玩偶。当然，电影也没有让我知道监狱里的食物是什么样的。早上七点半，过道里走来三个人，各推一个装上滚轮的大垃圾桶。第一个桶里装的是面包，面包从门上的小孔分发给犯人。第二个桶里装的是咖啡。第三个桶里装的是所谓的“汤糊[1]”，是灰白的土豆糊。早在翻天覆地的法国大革命爆发前，这座监狱的灶台后面，肯定就有土豆在地里生长。我这时很饿，但再饿我也不会吃这种冷冰冰的东西。我喝了咖啡（这哪算是咖啡！），至少它是热的。一整天，我都裹着毛毯保暖，靠剩下的那片面包充饥。这不是我们在面包店里买的法式面包。晚饭是同样的流程。晚上十点半熄灯。每天晚上，我不断做同样的噩梦，梦见母亲做的炸鸡，在我要吃到嘴里的时刻，就被敲门声惊醒。沉默和死灰，这是我今日回想起在监狱里头三天的感受。

我现在记不清到底是在第三天还是第四天第一次受审。显然，那些日子并无区别。我现在记得，我那时很在意即将到来的圣诞节。我想知道会不会真的在监狱中过。我记得第一次受审是在平安夜的前一天。

第一次受审那天早上，我听到有人叫我的名字，把

---

1　原文为法语。

我从梦中惊醒。我的大脑一片空白，思绪仍然停留在母亲做的炸鸡和冰冷的地板之间。迷糊中我听到一声，“准备好了吗？你被提取了。[1]”我吓了一跳，不知道“提取”是什么意思。狱友总是讲些法国监狱里的荒诞故事逗我开心。有一个故事是说，一个犯人以为是叫出去受审，结果站错了队，被送上了绞刑架。我知道他们在逗我，但话说回来，我对这些故事不可能完全不信。我认为，只要落在法国的法律手里，任何事情都可能发生。我拖着脚步和其他被提取的人犯走到监狱中庭，磨磨蹭蹭地想在看守的房间多逗留一会儿，在我看来，那里似乎是全世界唯一温暖的地方。接下来，我发现我再次上了那辆可怕的特制警车，又被送到老城岛，不过这次是去法院。一整天，除了十分钟，我都被关在一个小房间里，先是等待受审，后是等待押送回狱。

但那天我并没有真的受审。到了法院不久，我就被铐上手铐，由人带着穿过大厅，到了楼上的法庭，在那里我见到了我的朋友。我们被指定坐在一起。我们偷偷交流了几句，以为熬到头了。在等待审判我们的案子时，我环视了法庭四周，希望找到认识的面孔，希望在座有认识我的人，好把我遇到麻烦的消息带出去。但这里没有相识的人。这时我突然想起，巴黎有一个人可能会帮我，

---

1　原文为法语，后文的“提取”皆为法语。

他是一个美国律师，打专利官司，我在他的律师事务所干过。他应该能够帮我，他有稳固的地位和声望，可以证明我常帮他经手大额经费，不至于贪图小利，去偷床单。可我不知道他住在巴黎什么地方。他现在可能在吃茶喝酒，要想联系上他，跟去火星差不多。我强压胡思乱想，集中心神看审讯，可越看越窝火。比如那个只偷了一件毛衣的孩子真的就被判了半年刑。我认为，当天的量刑都过重。那天所有被判刑的人看起来早已把犯罪当成职业，或者说显然打算将犯罪当成职业。这似乎是法官的看法，他压根儿不想瞧一眼犯人，不想听他们申辩；这似乎也是犯人的看法，他们懒得为自己申辩；这似乎也是辩护律师的看法，他们大多是公职律师。法庭强烈的愿望似乎是把这些人关在隐蔽的地方，不是因为他们被罪行触怒，这些罪行其实微不足道，并不值得他们发怒，而是因为他们不想知道，他们寄托希望的这个社会，会制造越来越多将犯罪作为唯一可能的职业的人。当然，任何社会都不可避免地产生罪犯，但一个僵化动荡的社会无法改善底层的贫困，不能给年轻人在关键时刻提供社会宣扬的正道。或许法国人是世界上最不矫情的人，是世界上最骄傲的人，这加剧了法国底层那些不幸的年轻人的苦难，因为这意味着，改头换面重新做人对他们而言过于渺茫。我承认，他们对待罪犯的态度在我心里引起了激愤和绝望。他们的态度，明显见于他们声名远扬的令人惊叹的倔强。这既可以说是一种优秀的品质，也可以说是一种低劣的品质。

终于轮到审查我们的案子了。我们站起身,报上名字。法官此刻才发现我们是美国人。审讯暂时中止，法官和几个律师模样的人在赶忙协商。有人出去叫口译。拘捕我们的法国警察忘了填我们的国籍，所以法庭上没有事先配备口译。我后来得知，按照法国的法律，我们的法语再好，也必须有口译陪同才能受审。我还没有完全弄明白到底怎么回事儿，就再次被铐上手铐带离法庭。审判日期推迟至 12 月 27 日。

我有时忍不住想，要不是那个因为小偷小摸而入狱的老狱友，我还能否走出监狱。那天他被宣判无罪，但要等到次日早上才获释，所以他又回到牢里住了一晚。他看见我呆呆地坐在地上。我刚刚看见一个犯人，浑身是血，被用担架送回牢里。看到这一幕，我打消了抓住牢房栅栏一直哭直到被放出去为止的念头。看到那个担架上的犯人，我知道哭喊没有用。这个即将获释的老人走来走去地问我们，出去后能不能帮上一点儿忙。他问我时，我随口说：“没有。”我想我那时已心甘情愿接受了自小就记得的父亲的态度，没有什么能够帮助我们。我已丢失了父亲信仰的上帝。就在那时，那个老人继续提醒我：“你再想想？[1]”

---

1 原文为法语。

我想我至死都会感激他的提醒。我突然想到，他就要出去了，天知道我在里面还会待多久，但他马上就会成为我和外面世界的唯一联系了。我记得当时我并不真心相信他会帮我。他没有任何理由帮我。但我还是把我的名字和我那个律师朋友的电话号码给了他。

第二天中午，也就是圣诞节前夕，有人来探监。我再次拖着铁链下楼。是我的律师朋友，他看起来保养得很好，神清气爽。他告诉我不用担心；他不无遗憾地说，不能加快这磨人的司法进程，但他会帮我请一个熟识的律师在27日来为我辩护，他还会带一些人来为我的品行做证。临走时他给了我一包"好彩牌"香烟（我上楼时这包烟被看守搜走），说不管狱里是否举办圣诞庆典，他会记得等我出狱后请我吃圣诞大餐。他的承诺很好笑。我记得当时我吃惊地发现，自己真的笑了。我想我当时也相当失望，我的头发还没有熬白，脸上显然还没有留下悲剧的痕迹；无疑，在探视室里和我的律师朋友见面时，我打心底里失望。我意识到大多数人遭逢的劫难比我大得多，用我母亲的话说，如果这就是我遭逢的大难，我应该认为自己是世上最幸运的人。可以说，这次来探监的律师朋友，为我孤独的梦魇注入了常识，注入了这个世界，也注入了更黑暗的劫难将至的暗示。

圣诞节那天，我在牢里如坐针毡，觉得这天毕竟要有所表示。我申请去做弥撒，希望听到圣歌。结果发现我被关进一个小隔间，冻了一个半小时。这个小隔间与第一次送我到监狱里来的警车上的小隔间一样，上了锁。门上留的小孔正好在眼睛平视的位置；从小孔看出去，可以看见一个法国老牧师，戴着帽子，穿着外套，打着围巾，戴着手套，用我不大明白的法语，对着一排木头做的小隔间，布道基督热爱人类的故事。

12 月 26 日，我学会了用火柴棍和狱友玩一个特别的游戏。我知道不会永远待在这里，所以暂时能够与这里和解。27 日，我再次前去受审，不出所料，法庭撤销了对我们的指控。我们在法庭上讲完了床单案件的来龙去脉,引起了旁听席上法国人的大笑。法庭宣判我们无罪后，我那个纽约朋友不停赞扬法国人很“伟大”。但是，法国人的笑声令我寒心，哪怕他们是想用笑声温暖我。他们的笑声只会让我想起我在美国经常听到的笑声，我有时故意引发的那种笑声。发出这种笑声的人，总认为自己安全，远离所有的不幸；对于他们来说，生活的痛苦是假的。我在美国经常听到这种笑声，我才决定找一个再不会听到这种笑声的地方。在巴黎的第一年，当我深切地意识到这种笑声是普世的笑声，从来不会消失之时，我的人生，在我自己的眼里，就以一种深沉、阴郁、冷漠和解放的方式开始了。

## 村子里的陌生人

从现有的证据来看，在我之前，没有一个黑人到过这个瑞士的小村子。来前我就被告知，我可能是村子里的一道“景观”。我把这话理解为，我这种肤色的人在瑞士很少见；我理解的另一层意思是，城里人到了乡下，总是一道“景观”。可能因为我是美国人，所以我没有想到，有些地方的人，真的没有见过黑人。

这儿的人没有见过黑人，并不是因为交通闭塞。这个村子虽然在山区，但离米兰只有四个小时的路程，离洛桑则不过三个小时。的确，它一点儿不出名，很少有人会选择来此度假。但是，村民看起来可以随意——他们也确实随意——出门，山脚下一个小镇，大约有五千人口，看电影，到银行办事，那是最近的地方。这个村子里没有电影院，没有银行，没有图书馆，没有剧院；

只有几台收音机，一辆吉普，一辆客货两用车；唯一的一台打字机，还是我带来的，我隔壁的女邻居从来没有见过这新玩意儿。村里住了六百来人，全是天主教徒。我的依据是，这里的天主教堂全年开放，而村外山坡上的新教教堂，只在游客前来的夏天才开放。村里有四五家客栈，现在都关着；还有四五家小饭馆[1]，只有两家在冬天营业。每天营业的时间也不长，因为村子里的生活似乎在晚上九到十点就结束了。村里有几家商店、一个肉铺、一个面包店、一家杂货店[2]、一家五金店、一个货币兑换点——可惜旅游支票无法在此兑付，必须送往山下的银行，一去一来要花两三天。村里有一个名叫芭蕾之家[3]的地方，冬天不开张，夏天才开放，只有上帝知道有什么用，反正不是用来演芭蕾的。村里似乎只有一所学校，供特别小的孩子上学；我想，大点儿的孩子要完成教育，就只好下山，很可能还是到山下的小镇去读书。这里四面高山耸立，触目皆是冰雪，令人望而生畏。男人、女人和孩子整天都在这白茫茫的荒山野岭中忙碌，拿着洗涤的衣物，抱着柴火，或者提着一桶牛奶或水，有时在周日的下午滑雪。每天都能看到男孩子和小伙子在房顶上除雪，或者用雪橇从森林中拖回木材。

1 原文为法语，后文的“小饭馆”均为法语。

2 原文为法语。

3 原文为法语。

村里唯一真正吸引游客前来的是一眼温泉。绝大多数游客都是残疾人，或半残疾，他们一般来自瑞士各地，年复一年前来泡温泉。在旅游旺季，村子里弥漫着相当神圣的气氛，就像是小卢尔德[1]。残疾人身上往往有某种美丽的东西，也总有某种恐怖的东西；残疾人失去了某种身体功能，在失去之前，他可能从未在意，在失去之后，才想拼命恢复。但是，无论是架着拐杖，还是奄奄一息地躺在病床上，人的本性难移。我在这里的第一个夏天，无论走到哪里，无论是在当地的村民还是在外来的残疾人中，都会激起一阵骇异、好奇、兴奋或愤怒。在那里的第一个夏天，我住了两周，决定再也不去了。但冬天的时候我又来此写作。显然，在这里写作没有任何干扰，更何况生活成本非常低廉。现在，过了一年，又是冬天，我再次来到这里。村里每个人都知道我的名字，但他们几乎不叫我的名字；知道我来自美国，但他们显然并不相信这点，以为黑人都来自非洲；知道我是一个土生土长在这里的女人的儿子的朋友；知道我住在他们的小木屋里。但直到今日，我还像第一天到来那样，是个陌生人；我在村子里走动时，孩子们总是朝我大喊："黑鬼！黑鬼！"

必须承认，起初我确实很震惊，以至于不知如何是好。我现在的反应是装出高兴的模样，这是美国黑人自小接

1 卢尔德（Lourdes）是法国西南部城市，是欧洲最大的天主教朝圣之地。

受的教育中重要的一部分,他必须讨人“欢喜”。这种“你微笑，世界就会与你一起微笑”的策略，用在这里与专门用在别的地方，收到的效果是同样的，也就是说，完全不起作用。毕竟，一个人的重要性和复杂性要是都难以让人接受，他怎能讨人欢喜。我的微笑不过是另一种闻所未闻的现象，让他们可以看见我的牙齿。他们并不真看我的微笑，我不由想到，要是我习惯露齿咆哮，他们也不会注意到不同。在美国的时候，我身上的黑人生理特征给我带来了与现在完全不同的、几乎已经忘记的痛苦，而在这里村民的眼中，我的生理特征是既神奇又可怕的特征。有人认为，我的头发黑如焦油，发质如同钢丝或棉花。有人开玩笑说，我不妨任其生长，长得披满全身,冬天就不用再穿衣服。只要我在太阳下坐上五分钟，胆大的村民肯定会来到我身边，小心翼翼地摸摸我的头发，仿佛害怕电击，或者摸摸我的手，惊讶地发现我手上的黑色居然抹不掉。必须承认，所有这些举动，尽管有真心好奇的一面，绝无故意作弄的成分，但也没有把我当人对待：他们只是把我当作一个有生命的奇迹。

我知道他们并不真的有坏心眼，我知道这一点。但是,每当我走出小木屋,我仍然必须在心里反复提醒自己。叫我“黑鬼”的小孩子,不会知道这在我心中勾起的回忆。当我停下脚步和他们说话时，他们说话不无幽默，胆大的孩子还很骄傲。当然，有时候我不会停步，对他们报以微笑，我无心和他们逗乐。事实上，我会酸楚地轻声抱怨，正如我和这些孩子一般大的时候，在他们没有见过的大城市的街头酸楚地抱怨一声：你妈才是黑鬼。乔伊斯说得没错，历史是一个梦魇——但这可能是一个无人能从中醒来的梦魇。人深陷于历史的牢笼，历史也深陷于人的牢笼。

这个村子里有一种风俗——有人告诉我许多别的村子也有这种风俗——“买”非洲土著人，让他们改宗基督教。教堂里一年四季都摆了一个小小的功德箱，投币口上雕着一个黑人人像，村民纷纷把自己的瑞士法郎塞入箱中。在大斋期之前的狂欢节[1]里,村里要选两个孩子，把他们的脸涂黑（他们的蓝眼睛在黑脸的映衬下像冰块在闪光），然后把马鬃做的奇怪假发罩在他们金发上。他们打扮成这样到村民中化缘，所得的钱款用于在非洲的传道。用功德箱里的捐款，村民们去年“买”了七八个非洲土著。这是村里一家小饭馆的老板娘自豪地告诉我的；听到这里的村民如此关切黑人的灵魂，我竭力装出惊喜的样子。这个老板娘一脸喜悦，笑得比我真诚得多。她似乎觉得，我现在可以稍微放心，因为我至少有六个黑人同胞的灵魂得救。

我尽力不去想这些最近才受洗的同胞，不去想村民

1 原文为法语。

们为他们付出的代价，不去想他们自己会付出的特别代价。我也没有提到我的父亲，他是真正皈依了的基督徒，但在心底，他从来没有原谅过白人（他认为他们是异教徒），因为白人用一个基督套住了他，然而，至少从白人对待他的方式来看，白人已不再相信基督。我想到第一次抵达非洲村子的白人，像我在这里是个陌生人一样，他们在那里也是陌生人；我极力想象，震惊的非洲村民如何摸他们的头发，惊讶于他们的肤色。但是，在第一个被非洲黑人看到的白人和第一个被白人看见的黑人之间，有着巨大的差异。白人将黑人的惊奇当成贡品，因为他是来征服土著，让他们皈依的；他从不质疑，土著要低人一等；而我，丝毫没有征服的念头，我发现自己置身于人群中，他们的文化控制着我，在某种意义上，甚至创造了我；这些人给我造成的痛苦和愤怒，他们难以想象，他们甚至不知道我的存在。假如几百年前他们跌跌撞撞地走进我们的非洲村子，我惊异地迎接他们，他们也许会心生欢喜。但他们今日用来迎接我的惊奇，只会让我寒心。

尽管我可以想尽办法产生不同的感觉，尽管我与小饭馆老板娘之间有着友好的交谈，尽管她家三岁的孩子最终成了我的朋友，尽管我散步的时候会和村民互相致意，尽管我知道没有个体可以因历史在做或已做的事情而受指责，但我依然格格不入。我说这些人的文化控制着我，但他们不可能为欧洲文化担责。美国的文化根脉来自欧洲，但这些人从来没有见过美国，他们中间大多数人见到的欧洲也莫过于山脚下的小镇。但他们的举手投足带着我永不会有的权威性；理所当然，他们认为我不只是村子里的陌生人，还是一个可疑的后来者，没有任何资格享有他们潜移默化中继承的一切。

因为这个村子，无论它多么偏僻，多么原始，它依然是西方，是我如此奇怪地被嫁接进入的西方。就力量而言，这些人在世上任何地方都不可能是陌生人；事实上，他们创造了现代世界，即便他们没有意识到这一点。他们中间最没有文化的人，也以一种我没有的方式，与但丁、莎士比亚、米开朗琪罗、埃斯库罗斯、达·芬奇、伦勃朗、拉辛有着某种联系；沙特尔大教堂会默默地对他们诉说的东西，不可能对我诉说，正如他们中间任何人要是到了纽约的帝国大厦，帝国大厦对他默默诉说的东西，不可能对我诉说。从他们的颂歌和舞蹈中产生了贝多芬和巴赫。倒回几个世纪，他们已满身荣耀；而我在非洲，看到的是征服者到来。

就个人来讲，受到轻视而产生的愤怒是无用的，但也是绝对不可避免的；这种愤怒通常被低估，即便在终日怀有愤怒的人中，也很少有人理解，但它是创造历史的动力。愤怒只能艰难地由理智来控制，但不能被彻底控制，因此它听不进任何理由。这是纳粹德国所鼓吹的统治民族[1]的普通代表们完全无法理解的事实，因为他们从来没有感觉到这种愤怒，也难以想象这种愤怒。愤怒也不能藏匿，只能掩饰。这种掩饰骗过了没有脑子的人，加强了愤怒的力量，并在愤怒中平添轻蔑。无疑，世界上有多少黑人，就有多少办法应付由此产生的紧张状态，但没有一个黑人希望完全摆脱这场内心的战争：愤怒、掩饰和蔑视，是他第一次意识到白人的力量之时不可避免产生的伴随物。这里的关键是，由于白人在黑人的世界里代表了如此重的分量，白人的现实和黑人的现实远非对等；因此，所有的黑人对所有的白人都有一种谋划好的态度，要么剥夺白人那宝贵的天真，要么让白人为自己的天真付出惨重的代价。

黑人千方百计要白人切莫再把他们当作奇异外物，而要承认他们也是人。这是一个很难接受的要求，因为白人的天真中包含了极强的意志力。大多数人虽然并不天生就邪恶，但也并不天生具有反省能力；白人宁愿将黑人排除在人的范畴之外，因为这样更容易保护他们的天真，避免叫去为其祖先或邻人犯下的罪行承担责任。不过他们必然意识到，自己在世界上的位置比黑人好，他们必然会有这种怀疑，担心由此会遭黑人仇恨。但他们既不希望被仇恨，也不希望换位置，这时，紧张不安

1 原文为德语。

的他们难免会求助于白人发明的黑人传说。这些传说最普遍的效果是，白人发现自己掉入了陷阱，也就是他们自己语言的陷阱：他们的语言描述了地狱，描述了诱惑人下地狱之物的特性；他们的语言把地狱和诱惑人下地狱之物描述得像黑夜。

当然，所有的传说都有一定程度的真实性，语言的根本功能就是借助对世界的描述来把握世界。无论是在想象中，还是在现实中的大多数情况下，黑人都不在救赎名单之列，这一点相当重要；尽管西方几百年来一直在“买”非洲土著以救赎他们的灵魂，但黑人还是不在拯救之列。我冒昧猜测，与这样一个明显不能救赎的陌生人切割，是迫切的需要；更何况，谁也猜不到这个陌生人的心里到底揣着什么样的复仇梦想；反过来问，让那些没有得到救赎之人享受妙不可言的自由，世上还有比这样的想法更诱人的东西吗？当一个人在黑色面具之下开始想让别人感知时，别人难免又惊又怕，想知道他是什么东西。当然，我们对他者的想象，受到我们自身个性的左右；黑人和白人关系的一大讽刺是，只有借助白人对黑人的想象，黑人才能知道白人是什么样的人。

比如，我说过，现在我在这个村子里依然如去年夏天到这里来时一样，是一个陌生人，但这也不完全正确。村子里的人对我的发质不再那么好奇，他们只是对我这个人更好奇。他们的好奇现在存在于另一个层面，这从他们的态度和眼神中可以看出来。有些孩子以意想不到的方式，做出了一些有时轻松愉快、有时非常严肃的友好姿态；有些孩子受到大人的教导说魔鬼是黑人，看见我走近就忍不住大哭；有些年长的女人走过我身边时，总是和我友好地打招呼，如果看起来能和我攀谈的话，她们绝不会轻易走掉；其他女人走过我身边时，要么低头看路，要么扭转过头，要么鄙夷一笑。有些男人和我喝酒，并建议我学滑雪，我猜，一部分原因是他们想看我滑雪是什么怪模样。他们问我结婚没有，问我的职业[1]。但有些男人在背后骂我是“肮脏的黑人[2]”，说我偷木材，有些男人的眼里总有那种特别强烈的偏执恶意，那种在礼拜日带着女友外出的白人看见黑人男子走近时，眼中有时会突然闪现的恶意。

在这里的村道和我出生的那个城市的街道之间，在今日叫我“黑鬼”的这些孩子和昔日叫我“黑鬼”的那些孩子之间，有着可怕的深渊。这深渊是经验，一个美国黑人的经验。今日从我身后抛来的这两个字眼，首先表达的是好奇：我在这里是个陌生人。但我在美国不是陌生人，同样的字眼，回荡在美国的空气中，意味着我的出现在美国白人的心灵中引发的战争。

因为，这个村子使我深切地体会到这个事实：过去

---

1　原文为法语。

2　原文为法语。

曾经有一天，并不很遥远的一天，当美国人还不算是美国人，只是心怀不满的欧洲人，他们面对一个未被征服的广袤大陆，信步走进一个集市，第一次看见了黑人。可以肯定，这种情景使他们吃惊不小，他们立刻断定，这些黑人并不是真正的人，而是牲口。一点不错，新世界的定居者必然要调和他们的道德假设与作为事实和必要性的蓄奴制，这大大强化了黑人不是人而是牲口这种看法的诱惑力；一点不错，美国人这种直率的看法，也表达了所有的奴隶主对所有奴隶的态度，只不过程度不同而已。

但是，在所有的前奴隶、前奴隶主和三百多年前美国人开始将第一批黑奴贩运到詹姆斯镇[1]的这场戏剧之间，至少可以看到两个不同点。一方面，过去的奴隶认为可以摆脱主人的控制并为此而抗争，但美国黑奴并不这么认为。现代社会为权力的目的和范围带来了巨大变化，终结了奴隶可以从主人手里夺回权力的假设。但是，这种夺回权力的假设，在今日以前所未有的方式，带着可怕的意味死灰复燃。另一方面，即便这种假设以未曾消减的力量继续存在，美国黑奴也不能用之给他的处境带来尊严，因为这种假设有一个前提：即便是在记忆里，逃亡中的奴隶仍然与他的过去保持联系，仍然有许多办

1　詹姆斯镇（Jamestown）是1607年英国人在北美洲建立的第一个殖民地。

法尊崇和维持先前的生活方式。简言之，他仍然能够保持奴隶的身份。

美国黑奴的情况并非如此。在全世界的黑人中，他们是独一无二的，因为他们的过去是真正地一次性被吊销。我们忍不住会想，第一个黑奴对他生的第一个孩子到底会说什么。有人告诉我，海地人能够把祖先追溯到非洲国王，但希望认祖归宗的美国黑人将发现，他查家谱的过程将被一份签名的卖身契遽然终结。这就是他祖先的入境证件。那个后来成了美国黑奴的俘虏，在他受奴役的时代，且不说当时的环境，丝毫没有可能从主人手里夺回权力。没有任何理由认为他的处境会变化，也没有任何东西暗示他的处境会有所不同。用富兰克林·弗雷泽[1]的话说，他必须找到“在美国文化里生存或者死亡的动机”。美国黑人的身份在这种极端状况下产生，这种身份的演变，是其主人心灵和生活中最难以忍受的焦虑的根源。

美国黑人历史的独特性还在于他的人性问题，他作为人的权利问题，对于几代美国人来说，这都是一个十分激烈的问题，最终，它成为分裂美国的一大问题。正是这个问题，产生了“黑鬼”这个恶毒的绰号。欧洲没

1　富兰克林·弗雷泽（E. Franklin Frazier，1894—1962）是美国社会学学者。于1948年当选为美国社会学协会主席，并因其在社会学领域的贡献而获得该协会的马西弗奖。

有这样的问题，因此，欧洲完全不理解它最初如何出现，为何出现，为什么后果往往是灾难性的、难以预测的，为什么直到今天仍然没有完全解决。欧洲拥有的黑人一直生活在欧洲的殖民地，因为有空间的距离，黑人对欧洲人的身份没有威胁。即使黑人的确对欧洲人的良心构成了问题，谢天谢地，这也是抽象的问题：事实上，对欧洲来说，作为人的黑人，并不存在。但在美国，即使是一个奴隶，黑人也是社会机体中不可分割的部分，每个美国人都必须对他有一个态度。直到今天，美国人仍试图把黑人问题抽象化，这种抽象化实质上揭示了黑人的存在对美国国民性的巨大影响。

探讨美国黑人的历史时，非常重要的一点是要意识到，一个人或民族的道德信仰从来不像生活那样脆弱；不道德的生活往往导致道德信仰的出现；道德信仰为人或民族提供了参照系和必要的希望。这种希望是：当生活穷困潦倒时，道德信仰能够帮助人们超越自己，战胜生活的磨难。如果这种希望不存在，生活简直无法忍受。即便退一万步说，背叛一种信仰，无论如何也不等于摆脱了信仰的力量；背叛信仰与停止信仰并非同一回事。若非如此，世上就根本没有道德标准了。但我们也必须承认，道德是以观念为基础，所有的观念都是危险的，因为观念会导致行动，行动会走向何方，没有人能说清。观念的危险性还在于：一个人既不可能永远忠实于信仰，也不可能完全不受信仰的约束，这样的两难可能把他推向最不近人情的境地。美国人信仰的基本观念，其实并非像美国人自以为的那样源于美国。它们来自欧洲。美国建立的民主制度与过去并非彻底地决裂，而是因为美国人面临这种把民主的观念扩大的必要性，所以要把黑人包含在内。

毫不夸张地说，扩大民主观念的过程会很艰难。美国人不可能放弃他们的信仰，不仅因为似乎只有这些信仰才能合理地解释他们做出的牺牲，他们洒下的鲜血，还因为这些信仰为他们提供了唯一的堡垒，免于道德混沌，这种道德混沌与他们命定要征服的物质混沌一样绝对。但美国人发现自己身陷的这种情形中，这些信仰威胁到一个观念——无论人们是否喜欢这样认为，反正这个观念是西方遗产的核心——白人至上的观念。

美国人坚持这种野蛮而刺耳的观念，把自己弄得声名狼藉，但这种观念不是他们的首创；世人没有注意到的是，美国人犯下的暴行，暗示了他们对于这种观念的生命和力量有某种前所未有的不安；如果实际上没有这种不安，那么就暗示了这种观念的真实性。白人至上的观念只是基于白人是文明的创造者（现代文明——也是唯一重要的文明；所有先前的文明只是给现代文明的“捐献”），是文明的继承者和捍卫者。因此，美国人不可能接受黑人作为自己人，因为这样做危害了他们作为白人的地位。但是，不接受黑人，就是否认黑人的人性，否认黑人有人的重要性和复杂性；要否认这种不可否认的东西，迫使美国人拼命寻找理由来解释，几乎到了变态的程度。

美国黑人问题的根源是：美国白人要想保持人的尊严，必须找到与黑人共处的生活方式。这个问题的历史可以归结为美国人用的手段——私刑和法律、种族隔离和合法承认、恐吓和让步——用来与这种必要性和解，或与之周旋，或（最常见的是）找出可以同时达到这两种效果的方法。结果，形成的景象愚蠢而可怕，正如有人一针见血地指出，“美国黑人是一种精神错乱的表现形式，严重影响着白人”。

在这场旷日持久的战斗中，白人的动机是保护自己的身份，黑人的动机是确立自己的身份；这场战斗远没有结束，今后许多代人仍会感受到它所带来的难料的影响。尽管过去黑人在美国受到了恐吓，直到今日还偶尔受到恐吓，尽管残酷而必然的，黑人在这个国家的地位还很暧昧，但他早就赢得了这场身份战争。他不是到西方的游客，而是西方的一个公民，一个美国人；他像那些鄙视他的美国人、怕他的美国人、爱他的美国人一样，都是美国人；因为他带来的挑战是不可避免的，所以那些美国人要么变得越来越弱小，要么变得越来越强大。他或许是世上唯一一个与白人的关系更可怕、更复杂、更有意义的黑人，这种关系超出了简单的施虐和受虐。他过去的幸存和他现在的成长，都依赖于他将自己在西方世界的独特地位，转化为自身优势的能力，转化为对这个世界有利的能力。他的任务是从经验中提炼出给他营养的东西，提炼出一个声音。

我说过，沙特尔大教堂会默默地对这个村子里的人诉说的东西，不会对我诉说；但重要的是理解它默默地对我诉说而不会对他们诉说的东西。或许他们惊叹于教堂塔尖的力量，惊叹于雕花窗户的光彩；毕竟，他们知道的上帝，早于我以不同方式知道的上帝；但我看见教堂密室中那口滑溜、深不见底、处死异端的井时战栗不已，看见教堂石头建筑上雕刻的必不可少的可怕的滴水嘴兽[1]时惊骇不已，它们似乎在说，上帝和魔鬼永远不会分离。我疑心村子里的人看见教堂时不会想到魔鬼，因为他们从来没被认作魔鬼。但西方神话（且不谈别的）赋予了我一个魔鬼的身份，我没能在它赋予我这个身份之前改变神话，所以我只能接受这个身份。

但是，如果说美国黑人凭借与自己过去的绝对剥离而获得了他的身份，那么美国白人仍然抱有这种幻想：能以某种办法重回欧洲人那样的天真，回到一个不存在黑人的国度。这是美国人犯下的最大的错误之一。他们

1　滴水嘴兽，建筑输水管道喷口终端的一种雕饰。在教会中，它被用来警告人们世界末日将近，他们要尽量多去教堂。

拼命捍卫那种纯洁身份，但他们的身份因为这场战斗已经发生了变化：美国人不再可能像世界上的其他白人一样。通常来说，美国的世界观很少承认现实人生中的黑暗力量，并且直至今日仍然喜欢用非黑即白的方式描绘道德问题。我不会认为这样说很过分，很大程度上是因为美国人发起的这场战斗，在他们和黑人之间维持了不可逾越的人与非人的划分。只是现在，我们才开始意识到，我们必须承认，是非常朦胧、非常缓慢、非常不情愿地意识到，这种世界观很危险、不准确且完全无用。因为它为保护我们高尚的道德而付出的可怕代价，是削弱了我们对于现实的把握。闭上眼睛罔顾现实的人，只会自取灭亡；任何在早就失去天真之后仍然坚持停留在天真状态的人，只会变成魔鬼。

现在，是时候意识到，美洲大陆上演的这场种族之争的戏剧，不仅创造出了一种新的黑人，还创造出了一种新的白人。在这个古朴的欧洲村子里，白人仍把我当作陌生人，奢侈地看个不停，但美国人绝不会有任何路径变得像这个村子里的人一样古朴。对任何当代的美国人来说，我都不再是陌生人了。美国人与其他民族不同的一点是，其他民族从来没有如此深刻地参与黑人的生活，反之亦然。直面这个事实及其全部的意蕴之后，不难看到，美国黑人问题不只是一部可耻的历史，在某种意义上也可以说是一种成就。因为即便它有万般不是，也得说上一句：这个问题提出的永久挑战，也在某种意义上得到永久的应对。这是黑人与白人的经历，在我们今日面对的这个世界，这种经历，或许会被证明对我们有必不可少的价值。这个世界已不只是白人的世界，它也绝不会再成为白人的世界。

## 译后记

菲利普·罗帕特的《散文写作十五讲》（江苏人民出版社，2021）包括两部分，第一部分谈“散文的技巧”，第二部分是“散文家的个案研究”。在第二部分中，他专门探讨了詹姆斯·鲍德温的散文写作。

鲍德温虽然著有《向苍天呼吁》《另一个国家》《乔凡尼的房间》等小说，但在罗帕特看来，鲍德温真正伟大的成就在于散文。他认为鲍德温是“自第二次世界大战结束以来最重要的美国散文家”。

鲍德温的散文作品多达十余部，遗憾的是，迄今除了《下一次将是烈火》（人民文学出版社，2019，吴琦译），其余尚无中译。《村子里的陌生人》（又名《土生子札记》）是鲍德温第一部散文集，也是他最重要的散文集之一。能够有机会将之译出，作为译者，我深感荣幸。

《村子里的陌生人》首次出版于1955年，距今已逾六十七年，但依然深受读者喜爱，罗帕特认为，这与鲍德温的诚实和激情有关，与鲍德温将青春期戏剧化为自我的磨难之旅有关，与鲍德温的自我反思的洞察力有关。《村子里的陌生人》“给读者展示了成长为一个有思想的、坚韧克己的成年人，同时又不曾失去他在成长中暴露出来的、几乎是不设防的、仍然年轻的部分”。

鲍德温在这部散文集中的《生平自述》的结尾写道，“我想做一个诚实的人，做一个好作家”。翻译到该处时，我默默地试着模仿这句话，“我想做一个诚实的人，做一个好译者”。但我立刻明白，这个朴素的愿望，是多么艰巨，甚至是不可能完成的任务。

这个译本得以问世，首先感谢方雨辰女士，感谢她的信任和宽容。感谢雅众文化与南大·守望者的编辑为我减少了疏漏。感谢亲友的支持，尤其感谢小女慕维，与她一起玩乐，是消减译事压力最好的妙方。译文中舛误难免，诚盼方家指正。

李小均

深圳 梅林

图书在版编目（CIP）数据

村子里的陌生人 / (美) 詹姆斯·鲍德温著 ; 李小均译. -- 南京 : 南京大学出版社, 2023.2

书名原文: Notes of A Native Son

ISBN 978-7-305-26243-2

Ⅰ. ①村… Ⅱ. ①詹… ②李… Ⅲ. ①散文集—美国—现代 Ⅳ. ①I712.65

中国版本图书馆CIP数据核字(2022)第211720号

出版发行 南京大学出版社
社　　址 南京市汉口路 22 号　　邮 编 210093
出 版 人 金鑫荣

书　　名 村子里的陌生人
著　　者 ［美］詹姆斯·鲍德温
译　　者 李小均
责任编辑 沈卫娟
策 划 人 方雨辰
特约编辑 陈雅君
装帧设计 wscgraphic.com
印　　刷 山东临沂新华印刷物流集团有限责任公司
开　　本 787mm × 1092mm　1/32　印张 6.5　字数 108 千字
版　　次 2023 年 2 月第 1 版　2023 年 2 月第 1 次印刷
ISBN 978-7-305-26243-2
定　　价 58.00 元

网　　址：http://www.njupco.com
官方微博：http://weibo.com/njupco
官方微信：njupress
销售咨询：（025）83594756

First edition published by Beacon Press in 1955
First Beacon paperback published in 1957
Chinese edition Published by arrangement with
Beacon Press via Chinese Connection Agency


江苏省版权局著作权合同登记　图字：10-2022-348号